集英社オレンジ文庫

金物屋夜見坂少年の怪しい副業

—神隠し—

紙上ユキ

本書は書き下ろしです。

金物屋 夜見坂少年の 怪しい副業

かなものや よみさかしょうねんの あやしいふくぎょう

―神隠し―

もくじ

イラスト／宵マチ

神隠し

1

――チリン。

硝子戸《ガラス》を開けたとたん、涼しい音がした。

たったいま肩口をすり抜けていった風が、もう、通路の先まで届いたらしかった。

今日は朝から南風が吹いている。昼の海を渡ってくる風が、千尋《ちひろ》のシャツの背を、あるかなしかの力で押していた。

夜見坂《よみさか》家の勝手の煙出しには、古風な風鈴が吊《つ》るされていた。風が吹くと、流水もみじの短冊がひらりと揺れて、ちん、と冷たい音をたてる。薄い短冊はかすかな風の流れにもきちんと反応して、おもて戸が引き開けられるそのたびに、涼やかな音色を響かせた。

夏のあいだ、この店の風鈴はそんなふうにして、店主に客の到来を告げるのである。

夜見坂金物《かなもの》店は、通りに面した店舗部分から居間、勝手が縦並びになった南北に細長い建物である。上がり框《がまち》からのびた通路は、そのまままっすぐに勝手と結ばれていて、おもてと裏、両方の出入り口を開けると、家のなかは文字通りに素通しになった。たいへんに風通しが良い。

暑い季節が本格的にはじまっていたが、おかげで店のなかの空気はいくらかひんやりとして、あたりまえの建物のなかと比べても、ずいぶん居心地が良かった。

ただし、目に映る、店内の様子ばかりは別だった。ふつう以上に暑苦しく見える。ひとえに、並べ置かれた大量の品物のせいである。

狭い店内を無駄なく利用して設置された大小の棚には、日用品や台所道具がぎっしりと詰め込まれていた。物が置かれていないのは、せいぜい通り道くらいのもので、それ以外のあらゆる場所は、多種多様な商品ですっかり埋め尽くされていた。

店主、夜見坂の話では、どれも丈夫で使い勝手に優れた良品であるとのことだったが、これまで家事仕事に携わったことのない千尋には、実際にいくつかの品物を見せてもらい、講釈を受けても、ありふれた道具との違いがよくわからなかった。

残念なことである。

各々の道具にはそれぞれに語るべき美点があり、鍋釜包丁のたぐいにいたっては、手入れ次第で驚くほど長期の使用に耐える、買い得品なのだと店主は力説した。

そうなのか、と感心はした。

しかし、それほど立派で丈夫なものだというのなら、次の商品がなかなか入り用にならないだろうから、売り手にははなはだ不都合なのではないかと思わないでもなかった。

もっとも、店主がそのことを問題にしている気配はまったくなかった。まじない屋などという、年少者にはずいぶん不似合いながら、それなりに家計の助けになるらしい副業を持っているせいだろうか。千尋の見たところ、夜見坂金物店の主人は、本業の方面では呑《のん》気《き》としかいいようのない商売を続けていた。


店に立ち入った千尋は、まずは礼儀正しく来訪を告げた。

それからしばらくの間、物であふれかえった店の土間に立って、店主が顔を見せるのを待っていた。細長い建物の奥では、さきほどから引き続き、水音が聞こえていた。にもかかわらず、店の主人はなかなかおもてに姿をあらわさなかった。千尋の訪《おとな》いの声が聞こえなかったのかもしれない。

しかしだとしたら、ずいぶん不用心なことである。自分が鍋泥棒でなかったのは、じつにさいわいだったと千尋は思った。

試しに、もうしばらく待ってみた。

そのうちにしびれがきれてきた。千尋は仕方なく、上がり框に片膝《ひざ》をついて身を乗り出し、さらに声量をあげて、薄暗い廊下の先にいるらしい、店のあるじに呼びかけた。

「夜見坂君、いるか」

大声で呼ばわると、やっと水音が止んだ。勝手の土間を打つ下駄の音がそれに続いて、夜見坂の顔が、通路の奥にひょいとのぞいた。

　腰に挟んだ手ぬぐいで濡れた両手を拭《ぬぐ》いながら、こちらに近づいてくる。

「いらっしゃい、今日はいつもより、ちょっと早いんですね」

「今日、予定していたところは、ぜんぶ片づいたからね。彼、自分で悲観しているほど出来が悪いわけじゃないよ。この調子でいけば、ちゃんと希望の学校に入れると思う」

「そうか。そんならよかったな」

「うん、よかった。ところでさっき本屋に寄ったら、なかなかよさそうな理科の教本を見つけたんだ。次回は、この本の——」

　上《のぼ》り口に突っ立ったまま、なおも話を続けようとする千尋に、夜見坂はあきれ顔を見せた。ため息まじりに言った。

「それはいいですけど、千尋さん。いつまでもそんなところに立っていないで、さっさと上がってください。毎回言っていますけど、いちいちそんなふうに他人行儀におれにことわりを入れなくても、勝手に部屋で待っていてくれていいです。もう、知らない仲ってわけじゃないんだし」

　他人が聞いたら妙な誤解を受けそうな言い方を、夜見坂はした。さらりと発音された、それでいて率直な親しみのこもった口ぶりだった。とはいえ、発言者の意図が、客をくつろがせることにあったのだとしたら、これはまったくの逆効果だった。

千尋はあわててその場に屈みこんだ。

靴紐を緩めるふりをして。不覚にも赤らめてしまった顔を隠すために。

知らない仲じゃない――とはいうものの、夜見坂とは、ほんの数カ月前に知り合ったばかりの間柄だった。縁あって、互いに顔を見知るようにはなったものの、もとはといえば、客と業者の関係である。他人行儀も何も、ほんとうに他人である。

千尋の父親が依頼した仕事が片づいたあと、夜見坂とそれきりの関係にならなかったのは、ほんのたまたま――必要と成り行きに迫られて、お互いに頼みごとなどをしているうちに、つかず離れずのつき合いが、何とはなしに続いたためだった。

たとえば、こうして千尋が定期的に夜見坂金物店を訪れるようになったのも、やはり夜見坂からの頼みごとがきっかけだった。

ことのはじまりは、次のようなものである。


今月はじめのことだったらしい。

同じ町内に住む、米本賢太郎《よねもとけんたろう》という少年の様子が、にわかにおかしくなったというのである。真っ青な顔をして、眠らず、食べず、ときどき獣のような不気味な声音《こわね》で鳴きたてるという、はなはだ異様な状態に陥《おちい》った。

定型どおりの『獣憑《つ》き』の様相を呈《てい》しはじめた息子を目《ま》の当たりにして、当人以上に顔色を青くしたのは、彼の両親であった。上級学校受験をひかえた大事な時期に突如出来《しゅつらい》した、不測の変事である。いずれは息子を文官試験に及第させて、ひとかどの人物に仕上げるつもりでいた両親のうろたえようは、悲劇の登場人物さながらだった。

というのも、彼のふた親はそのときまで、成績優秀な息子の先行きに、爪の先ほどの懸念も、不安も抱いていなかったからである。まさに、青天の霹靂《へきれき》、自慢の息子の突然の乱心は、容赦《ようしゃ》のない破壊力をもって一家の平和を打ち砕いた。

とはいえ、いつまでもおろおろしてばかりいる両親ではなかった。不本意な現状をなんとか立て直すべく、ふたりは思いつく限りのことをした。息子を叱ったり、宥《なだ》めたり、泣きついたり、医者に診せたりしたのである。

ところが両親のあらゆる努力の甲斐《かい》もなく、米本少年の症状は日増しにひどくなるばかりである。そこで、ほとほと困りはてた母親が、金物店の張り紙を頼りに、わらにも縋《すが》る思いで、夜見坂に憑き物落としを依頼したらしい。

千尋が、夜見坂から『頼みごとあり、都合がよろしければ数日中に来訪を乞《こ》う』というハガキを受け取ったのは、夜見坂がくだんの依頼を受けてから、一週間ほどあとのことだったようである。

ちょうど、学校が夏休みに入ったばかりで、何の用があるわけでもなかった千尋は、翌日さっそく夜見坂金物店を訪ねていった。

一度ならず世話になった相手でもあったし、何でもひとりで解決してしまいそうな夜見坂からのたっての頼みごとだというので、単純に興味を引かれたせいもあった。

——さて、いったい何を頼まれることやら。

見当もつかなかった。

はたして、夜見坂が千尋に持ちかけてきた頼みごとというのは、金物屋の用事でも、まじない屋のする儀式の手伝いでもなかった。

どういうわけか夜見坂は千尋に、十六歳の少年の家庭教師をやってもらえないかと訊《たず》ねたのである。


「若い人って、よくあんなふうになるんです」

千尋の知人のなかでは誰にも負けないくらい若い夜見坂が、あたりまえのことのように言った。

千尋は、勝手の土間から盆を持って居間に上がってきた夜見坂の様子を、しげしげと眺めた。そうやって見るにつけ、夜見坂の子供っぽい外見と、その年頃の少年にはありえないほど落ちついた物腰のあいだに挟まった、何とも言いようのない違和感を、あらためて意識せずにはいられなかった。

もっとも近頃は、その違和感にもだんだん慣れてきていた。おかげで夜見坂と話をしていると、彼がずいぶん年下だということを忘れそうになることもたびたびだった。

しかしこうして見ると、やはり子供に見える。千尋はいまだに夜見坂の正確な齢《とし》を知らなかったが、どう斟酌《しんしゃく》しても中学生以上の年かさであるようには思えなかった。

夜見坂はちゃぶ台の前に座った千尋の前に、お菜を盛った鉢を置いた。ひと品きりのお菜は、輪切りにした茄子《なす》を、鰹節《かつおぶし》と醤油《しょうゆ》で煮たものだった。続いて出された香のものは、胡瓜《きゅうり》の糠《ぬか》漬けである。

「なにせ、この国でふつうの人が立身出世をしようと思えば、とにかく試験に及第するより他に、やりようがありませんもの。いつか乾物屋の奥さんに聞いたんですけど、知り合いの知り合いの知り合いの学生さんが、勉強のしすぎで亡くなったそうです。人間、何で命を落とすかわかったものじゃありませんね。

だけど、いまどきの学生さんはたいへんなんだな。普段から試験をしくじったら人生終わり、ってふうに、学校で散々ふきこまれるそうですから。そりゃ、綱渡りをしているような気分になるのも無理はないです。とくに、あの年頃の人は、ただでさえ思い詰めやすくて、プレッシャーは山の峰《みね》、自信は谷の底みたいな状態になりがちですから。

彼の場合も、相当ひどかったな。後ろ向きの思考エネルギーばかりが充実していて、そのくせ、行動力は使い果たした感じで。あれで心身の均衡が保てたら、じっさい拍手喝采ものです」

「なんだ。そうすると、彼の症状は、心身症の一種だったのか。それじゃあ、まじないやお祓《はら》いのたぐいはなしに済ませたのかい？」

「いいえ、やりましたよ。ああいう儀式って、関係者の焦りを鎮めるのには、じゅうぶんに有効な方法ですから。具体的な手段っていうのは、とにかく人を安心させてくれるんです。

　お百度参りに、朝晩の決まった儀式——規則正しい運動と、余計なことを考えないですむ時間が、自然に心身を整えてくれる。加えて良い方向に向かっているっていう確信が、不安を薄めてくれるんです。そんなこんなでいくらかでも余裕が戻ってきたら、問題の半分は解決したも同然です。身体《からだ》の調子を保ちつつ、余計なことを考えずに、ひたすら片づけるべき用事を消化する習慣さえ身につけられれば——」

　首をかしげた千尋に、夜見坂はにっこり笑って、つけ加えた。

「あとはなるようになります」

「なんだか無責任な言いようだな。第一、不安が意思の力で消せるものかな。ずいぶん難しいことのように思えるけれど」

「案件によります。だけど、さいわい彼の場合、この上なく適当な方法がありましたから」

　それは何なのかと千尋が訊くより先に、夜見坂は白飯を山盛りにした茶碗を差し出した。

「それ、家庭教師のことかい」

けげん顔を向けた千尋に、夜見坂は大きくうなずいてみせた。

「安心を持続させる秘訣《ひけつ》は自信です。受験生に自信をつけさせるのは、何といってもいい先生です。その点、千尋さんはぴったりだったな」

魔除《まよ》けにお祓い、神頼み、そして最後に夜見坂が用意したのが、特別誂《あつら》えという触れ込みの、家庭教師だった。千尋を教師として紹介し、きちんと彼の指示に従うことを米本少年に言い含めて、夜見坂はその仕事にきりをつけたのである。

「犀《さい》の角のようにただひとり歩め、ですよ。遠くを見て怖くなったら、足もとだけ、すぐ目の前だけを見て進めばいいんです。奈落のような崖《がけ》下をのぞき込まなければ、はるかな高みにある登頂を仰ぎ見なければ、恐怖は最小限に抑えられる。余計なことは考えずに手足を動かしてさえいれば、いつかは行くべき場所にたどり着けます」

夜見坂の話を聞きながら、しかし千尋はやはり納得ができないままでいた。そういうことなら、べつに自分でなくてもよかったのではないかと思うのだ。異常に顔の広いらしい夜見坂のことである。いくらでも優秀な家庭教師を工面できそうではないか。

そんな千尋の疑問を見透かしたかのように、夜見坂が言った。

「だけど、ただ優秀な人と、なおかつ教えるのがうまい人っていうのは、別物なんですよ。

千尋さんは後者ですね。根気があるし、真面目《まじめ》だし。それに何といっても、生徒は褒めて育てるタイプみたいだから。彼とは相性がよさそうだと思ったんです。いい先生って、頭ごなしに知識を押しつけるんじゃなくって、生徒自身に改善点を発見させることができるんです。千尋さん、外側はやさしそうに見えて意外に周到で、やり方を心得たところがありますものね。先生って、千尋さんにぴったりの仕事だと思います」

買いかぶりだと思った。

心当たりのない褒め言葉をずらずらと並べたてられたうえ、それをわかりきったことのように言い切られて、千尋はまごついた。

他にやりようがなく、黙ってお菜に箸《はし》をのばした。

向かいに座った夜見坂も、茶碗と箸を手に取った。

「それにしても千尋さんがいてくれたのは、ほんとに助かったな。まるで誂えたような巡り合わせだ。これも、おれの日頃の行いが良いせいだな」

夜見坂は機嫌よくお菜を頬張《ほおば》った。千尋は依然返す言葉を見つけられないまま、ひたすら飯とお菜のあいだに箸を往復させた。

これが、千尋が夜見坂家の食卓についた、最初の機会だった。

そんなわけで、千尋は夏休みのあいだ、自宅からバスの駅七つ分離れたこの町に、だいたい週に三度の割合で通ってくることになったのである。

　夏休み中にひととおりのことを仕上げてしまわなければならないので、午前中からはじめても、帰りはたいてい、午後の遅い時間になった。

　ところで家庭教師の仕事は——自分以外の誰かに何かを教えるという作業は、存外に気力を使った。教える内容自体はべつに難しくもないのだが、それをいざ、自分とは違う人間に理解させるとなると、順序にも言い方にも工夫が要った。

　しかも、そういった作業には頭の、普段は活用しない部分を使うものとみえて、少年宅で昼食をごちそうになっているにもかかわらず、やたらと腹が減った。午後、帰る頃にはもう空腹になっているのである。

　それで、通いはじめてすぐの頃、夜見坂に家庭教師先での様子を訊ねられたとき、千尋はさっそく、そのささやかな困りごとを口にした。

　話を聞いた夜見坂は、いとも簡単に問題を解決した。

「そういうことなら、帰りにうちに寄ってください。二度目の昼飯ってことで、おれがごはんを用意してあげます」

　ただし、食事の提供は有償だった。夜見坂の言い値は一食、十五銭。一回分の食事の代金としては高くも安くもない。先払いでひと月分、まとめて払った。とりあえず十二回分、しめて一円八十銭である。

もともと、食事を世話してもらえるという話が出たときから、じゅうぶんな礼をするつもりでいたので、出費をとやかくいうのではなかったが、夜見坂の実際家ぶりに、この齢になるまで一度も働いて金銭を稼いだことのなかった千尋は、ひどく感心させられた。

——子供に見えても、中身はきちんとした商人だな。しっかりしている。

「あいまいにしなくて済むものを、わざわざそうしておくのって、苦手なんです。そんなことをしたら、頭に余計な負担がかかるじゃないですか」

夜見坂は当然のことのように言うのだった。

——ふうん、そういうものなのか。

商人の理屈にはまるで心得のない千尋だった。だから言われるまま、素直に納得した。正直なところ、夜見坂の言葉の真意はよくわからなかったのだが、実際面では大いに助かるので、理屈のほうはどうでもよかった。

ちょうど、数少ない飲食店が昼休みをとっている時間帯である。腹をすかせてふらふらになりながら自宅に戻ることを思えば、わずか十五銭で飯を食べさせてくれるという夜見坂の申し出は、どう考えてもありがたかった。願ってもない夜見坂の親切に、千尋は喜んで飛びついたのである。かくして新しく身についた遅めの昼食、でなければ、早め夕食の習慣というわけであった。

夜見坂の家では、箸休めを別にすれば、出されるお菜は必ず一品きりだった。他家の食卓につくのは初めて、というわけではなかったが、夜見坂の調《ととの》えてくれる食膳は設《しつら》えも内容も、千尋の知っているどんな家のものとも違っていた。

もっとも初めに感じた違和感も、やがて気にならなくなった。物めずらしく、ときにはとまどいを覚える『他家のやり方』も、回数を重ねるにしたがって、たちまち日常化してくるものであるということを、千尋は学んだ。

しかし、ひとつだけ、いまだに慣れないことがあった。夜見坂が千尋を、まるで家人のように扱うことである。

千尋は天涯孤独の身の上ではない。血縁者は――正確な数は不明ながら――ちゃんといる。ただし、彼らは他人よりも、もっと他人のような存在だった。実際に、そのうちのほとんどは、顔も知らない人間なのである。

母親が亡くなった時点で、家族という概念とはきっぱりと縁が切れていた。とくにここ数年は、名ばかりの家族のもとで暮らしてきたために、夜見坂の自分に対する待遇がいまさらのように思えて、気恥ずかしくてたまらなかった。

ようするに、家族のいる生活に慣れていないのである。

だから夜見坂に、自由に居間に上がってくつろいで、飯ができるのを待っていろとたびたび勧められても、そうすることができなかった。毎回、気後《きおく》れしないではいられなかった。かといって、そのことを正直に告げる気にはもちろんなれず、夜見坂になぜ気軽に居

間に上がらないのかと訊ねられるたびに、

「だけど、一応、あいさつくらいはしておきたいじゃないか」

などと、あいまいに言葉を濁すはめになった。

ほんとうのことをいうと、誰かと差し向かいで食事をすることも、照れくさくて仕方がなかった。身内然《しか》りとした態度で夜見坂にあれこれと世話を焼かれるのも、最近まで、ひとりの食事に慣れてきた千尋には落ち着けない。まるでいい齢をしてままごと遊びをしているかのような、居心地の悪さを覚えるのである。

とはいえ、千尋にも体面というものがある。自分の経験の拙《つたな》さをすっかりさらけだす気には、やはりなれなかった。だから内心ひそかにぎくしゃくしながらも、表向きは何食わぬ顔を通している。

そんな千尋の内情を知ってか知らずか、夜見坂は千尋の言い分に毎回、素直に感心した。たとえば、今日のように。


「さすがは男爵家のご令息だな。行儀がいいんですね。おれの息子とは大違いです」

そんなふうに言った夜見坂を、千尋はそっと見返した。

深読みする気になれば、微妙な含意を感じとれなくもなかったが、まあいい。たぶん思い過ごしだろうから。

そんなことを考えながら千尋はその日のお菜の、蛸《たこ》の煮つけを茶碗に取りあげようとして――ふと、箸をとめた。

――いま、なんて言った？

千尋は飯椀に落としていた視線を、さっと上げた。そして、向かい側でもくもくと口を動かしている夜見坂を見た。

思わず、目の前の少年に向かって問いかけていた。ただし、声には出さずに。

――いまきみ、息子って言わなかったか？

千尋の注意はつかの間、あきらかに不自然な言葉を吐いた夜見坂の口許《くちもと》に釘づけになった。

一方、夜見坂は千尋の疑惑の視線を意にも介さず、平気で食事を続けている。飯を頬張り、さらに胡瓜を箸先に取って、さくさくとかんだ。

「ああ、ちょうどいい具合に漬かってる」

微笑《ほほえ》んだ夜見坂の口許に、白く並びの良い歯がちらりとのぞいた。

その声を上の空で聞きながら、千尋は箸の先で宙ぶらりんになっていた蛸の足を、とりあえず口のなかに押し込んだ。

醤油と潮の香りが舌の上に広がった。かみしめた蛸の身は固すぎず柔らかすぎず、絶妙の加減に火を入れられており、折からの空腹と相まって、ため息が出るほどおいしかった。

夜見坂の作るお菜は見た目ばかりはまったく平凡だったが――どころかむしろ、彩《いろど》りや盛りつけの美しさを一切考慮しない、雑さと紙一重の仕上がりだったが、味のほうは間違いなく上等だった。その秘訣については、残念ながら料理の心得のない千尋には想像も及ばない謎だったが、ともあれ、何かしらの工夫がこらしてあることは間違いない。鉢にごっそりと盛られた夜見坂のお菜の謎は、毎回、千尋を不思議がらせた。なにしろ、ひと品きりという変化のなさにもかかわらず、腹がくちくなるまで箸が止まらないのである。

いずれにせよ、これで十五銭というのはかなり良心的な値つけだと思った。材料費と手間賃だけを考えれば相応の値段なのかもしれないが、完成品になったとたんに、ずいぶん値打ちが違ってくる。総菜屋でも開けばよい商売になるのではないかと思う。店も、店主も、金物屋にしておくよりずっといいのではないか。

と、いつもなら感心しきりに食事に集中するところだが、あいにく今回は勝手が違った。たったいま耳にした、夜見坂の不穏な発言のせいである。

夜見坂には、息子がいるらしい。

ありえない――ことではないのかもしれなかった。

いつか、素行の良くない級友が噂《うわさ》していたことがある。人見楼《ひとみろう》の楼主の息子は、十五で妾宅《しょうたく》を構えたとかなんとか。それに、夜見坂は小柄なせいもあって若く見えるが、意外に年かさなのかもしれない。たとえば十九、二十あたりなのだとしたら、そのくらいの齢で結婚している男も、いないわけではない。

齢を訊ねてもはぐらかされるばかりなので、もう気にもしなくなっていたが、ほんとうのところ、いったい彼は幾つなのか。得体の知れない少年だとは思っていたが、まさか、妻子がいるとは想像もしていなかった。外見からはうかがい知れない夜見坂の事情に、千尋はしばらく思いを巡らせた。

道理で金や生活のことに明るく、妙にしっかりしていたわけだと思う。行き届いたふるまい。大人びた態度。思い起こされる夜見坂のありようは、なるほど、ありふれた少年のものとは違っていた。しかし妻子持ちとはいえ、一緒に暮らしている様子もないようだから、そのあたりのことにはきっと、何か深いわけがあるのだろう。

胸が痛んだ。

――夜見坂君。きみにはいったいどんな事情が……。

気にはなったが、常識人としてのわきまえがじゃまをして、詳しい事情を詮索することはできなかった。

「どうかしたんですか？　今日はやけに口数が少ないじゃないですか」

ふいに夜見坂が訊いた。

「いや、べつに。きみのところもいろいろたいへんなんだなと思ってね」

千尋は、きまりの悪さをごまかすように、続けて飯を頬張った。

そのとき、おもての硝子戸ががらりと音をたてた。襖《ふすま》越しに、廊下を風がすいと抜けていく気配がして、勝手の風鈴がせわしく鳴った。

夜見坂は箸を使う手を止めて、かすかに頭を傾けた。

近づいてくる足音につかの間耳をすませたあと、にこりと笑って言った。

「すごいな。噂をすれば影、みたいですよ」

夜見坂が言い終えたところで、だしぬけに襖が開いた。

「おう、俺だ」

野太い声と一緒に、鴨居《かもい》に頭をくぐらせて入ってきたのは、背丈も身幅も頼もしい、体格の良い中年男だった。片手に、当人の容貌《ようぼう》にはいたって不似合いな、華奢《きゃしゃ》な造りの白い箱を提《さ》げている。

遠慮も会釈《えしゃく》もなしに部屋に踏みこんできた男はしかし、夜見坂の向かいに座っている千尋の姿をみとめると、びっくりしたような顔つきになった。もっとも、それもひとときのことで、やがて首の後ろをしきりにさすりながら、見る間に人なつこく表情を緩ませた。

「こりゃあ……まずいとこに来合わせちまったかな。お客さんか。いや、これは、これは。どなたか存じませんが、うちの平《はかる》がいつも世話になっとります」

ぺこりと頭を下げた男に、千尋もあわてて膝を正した。

「いいえ、僕のほうこそ。ご子息にはたいへんお世話になって——じつは、いまのいまもなっているところなんです。彼に昼飯のまかないをお願いしていまして。おかげで、ずいぶん助かっています」

「へえ、こいつがまかないをね」

男は、知らん顔で食事を続けている夜見坂に顔を向けた。口の端に微笑が浮かんでいる。はじめは局所にとどまっていたその笑みが、じわじわと顔全体に広がっていく。ついに男が笑いだした。大づくりな口許に、頑丈そうな歯並びが豪快にのぞいた。

「おう、平。ついにおまえも商売っ気を出したか。俺も前からその煮炊きの腕を、はやらねえ金物屋なんかで腐らせとくのは惜しいと思っていたんだ。となると、ここも飯屋らしく改装しなきゃな」

「するわけないでしょう。そんなこと。あんまり調子に乗っていると、叩き出しますよ」

「叩き出すたあ、穏やかじゃねえな。俺はただ、おまえの生活を向上させてやろうと思ってだな、」

「はっきり言って、余計なお世話です」

「まったく、いつ来ても可愛《かわい》げのねえやつだな」

「わざわざそんなことを言いに来たんですか。用がないんなら帰ってください。ああ、でも、せっかくだから……ちょっと待っててください。お小遣いをあげます。帰りに何かおいしいもの、買っていけるように」

夜見坂は言葉じりにかすかな笑みを含ませながら、席を立った。茶箪笥《だんす》の小引き出しを開けて、いやに年季の入ったがまぐちをとりだした。

そんなふたりのやりとりを、千尋はしばらく放心の体で眺めていた。

――夜見坂君……きみはその細腕に妻子を抱えたうえに、父親に小遣いまでせびられているのか。

これまで謎に包まれていた夜見坂の家庭――その意外な火宅《かたく》ぶりに、思いがけず接することになって、千尋の心情は急速に陰鬱《いんうつ》方向に傾斜していった。

しかし男は、夜見坂がちゃぶ台の上に置いた一円札を受け取らなかった。どころか、抱えた背広の上着の隠しから紙入れを取り出すと、何枚かの札を抜き出したうえ、それを夜見坂の置いた札の上に叩きつけた。

「しゃらくせえ、小遣いならこっちのほうでくれてやらあ。こちとら薄給とはいえ、とりあえずは定収入のある給料取りだ。細々自営業の子供に小遣いをせびるほど落ちぶれちゃいねえんだよ。そっちこそ子供なら子供らしく、たまには可愛く礼くらい言って、小遣いを受け取りやがれってんだ」

「嫌です。お小遣いをあげるのは保護者の順当な楽しみなんだから、このさい、そっちで遠慮してください」

「ふふん、おまえ、それで俺の保護者のつもりか」

「当然でしょう。だって、おれはあなたの父親なんですから」

――なんでそうなるんだ！

ガチャンと音をたてた食卓に、夜見坂と男の視線が集中した。

「どうしたんですか、千尋さん」

「どうもこうも……その人がきみの息子だっていうのか」

「べつにおかしなことじゃありませんよ」

「いや、おかしいだろう」

「でも、おれは夜見坂金物店の跡目を任された人間なんですよ」

「うん、それはじゅうぶん承知しているけれどね」

「だったら、どう考えても納得がいくでしょう？　先代がおれにこの店を譲ってくれたのは、おれのこと、きっと頼りにしてくれていたからに違いないんだ。だからおれは、先代の期待に応《こた》えたい。この店と、先代の孫であるこの人を、親がわりとして責任をもって見守っていく覚悟なんです。だから、静《しずか》さん――」

夜見坂は生真面目なまなざしで、くだんの男を見上げた。

「もし失業したり路頭に迷ったりしたら、遠慮なくこの家に帰ってきてください。次の仕事が見つかるまで、おれがちゃんとごはんを食べさせてあげますから。ああ、だけど気をつけてください。調子にのっておれに暴力をふるったりしたら、問答無用で叩き出しますから。どんな逆境に立たされても、そういう倒錯した甘え方をする人間だけにはならないでください」

夜見坂は、やる気じゅうぶん、気負いはじゅうにぶん、といった態度で男に訴えた。

そのありさまはどう見ても――健気な子供、そのものだった。誰かの保護者たらんとする、見上げた志《こころざし》だけは買ってもいいが、夜見坂の、父親業に対するあふれるような意欲と情熱は、その若すぎる容姿と極端な発言によって、いとも簡単に裏切られていた。背伸びをしようとする、そのこと自体に、落ち着きとか、貫禄とでもいうべき重みが欠けていた。

ようするに、少しも中年男の保護者らしくは見えなかった。

当人にしてみれば、はなはだ不本意な事実であろうと思われたが、思いどおりにならないのが、現実というものである。

ともあれこうなると、父親云々《うんぬん》というのは、夜見坂の一方的な思い込みであると考えて、まったく差し支えがなさそうだった。

千尋はほっとした。なんだ、と思う一方で、ずいぶん気が楽になった。

その必要もないのに、いろいろなものを抱えこみすぎている子供というのは、見ていてつらい。べつに、過去の自分がそうだったから、というのではなかったが。

2

昼食の食器がきれいに片づけられたちゃぶ台の上で、三つの湯呑みが香ばしい湯気を立てていた。

卓上中央に新たに置かれた皿の上には、男が持参した白い箱の中身——見るからに充実した質量と密度を備えた西洋菓子が、でんと鎮座していた。バウムクーヘンである。男から箱を受け取った夜見坂は、この菓子にただ、放射状に切れ目を入れただけの状態にして、座に供した。

何も一度に全量出してくることはなかったのではないか、と千尋はいぶかった。三人ぶんの茶菓子にしては、どう考えても多すぎる。いや、千尋はすぐにその場を辞すつもりでいたので、じっさいにはふたりぶんである。やはり多すぎる。

千尋は出された茶を申し訳程度に口にすると、そそくさと立ち上がりかけた。これから夜見坂を相手に何事かを話し合うつもりらしい、男のじゃまをするつもりはなかった。

ところが、膝を崩してすっかりくつろいでいた男は、千尋が帰りかけると、わざわざ居住まいを正して引き止めた。

「まあ、あなた、そうあわてて帰らなくてもいいじゃありませんか。粗末な家ですが、どうぞゆっくりしてってってください」

「粗末は余計ですよ」

夜見坂が口をとがらせた。

「いえ、でも。何か、夜見坂君に話があってみえられたのでしょう?」

「まあ、話があるっちゃあるが、構いませんよ。ええと、兄さん。お名前をおうかがいしても?」

「失礼、申し遅れました。僕は賀川《かがわ》千尋といいます」

「いやいや、こちらこそとんだ失礼を。俺は夜見坂静です。で、賀川さん。あなた、ここで聞いたことを他所《よそ》へ行って、誰彼かまわず吹聴したりしませんよね?」

「ええ、それはもちろん」

「そんなら、何も問題ありません。まあ、お座りください。まだ菓子も食ってないじゃありませんか。ぜひ、ひとつあがってください。何なら、ひとつといわず、三つでも、四つでも。えらくうまいんですよ、これ」

静に熱心に菓子を勧められて、千尋は目の前のバウムクーヘンをひと切れ、手に取った。

静のにこやかなまなざしに見守られながら、それを食べた。

バニラの香り。口のなかに広がる玉子と牛乳の贅沢《ぜいたく》な風味。たっぷりとした甘さ。菓子は確かにうまかった。

千尋が手に取ったひと切れを食べてしまうのをしっかりと見届けたあとで、静はやっと夜見坂のほうに向き直った。ひとまず茶をすすり、のんびりとした口調で切り出した。ちょうど床屋か銭湯の待合客がやるような、はなはだ緊張感のない話し方だった。

「かれこれ三カ月ばかりも前になるかな。蘭都《らんど》町の『花鳥《かちょう》』って料理屋で起こった神隠し事件、おまえ、知ってるよな」

「このあたりじゃ一、二を争う歓楽街の有名料理店で起こった事件でしょう？　知らないわけないじゃないですか」

「ほんとうに、どんなときにも安定して可愛げのないやつだな。おまえは。いまのはただの前置きじゃねえか。とにかく、料理屋のひとり娘が行方不明になったあの事件だ。それも、よりによって婚約披露宴の夜、まわりの人間がちょいと目を離した隙《すき》に、宴《うたげ》の主役が煙のように消えちまったっていう、あれだ……」

夜見坂は静の話を黙って聞きながら、バウムクーヘンをかじった。

「さて、くだんの嬢さんはそれっきりどこを捜しても見つからねえ。杳《よう》として行方も知れず、って具合でな……」

夜見坂は残りのバウムクーヘンをぜんぶ口のなかに入れた。片頬が大きく膨らんだ。

「で、おまえにちょっとした仕事を頼みたいんだが。嬢さんの行方を捜す手伝いをしてもらえないかと――」

　静が具体的な用件を言い出したところで、夜見坂は露骨《ろこつ》に嫌そうな顔をした。ごくりとのどを鳴らして口のなかのバウムクーヘンを呑みこんだ。

「……やっぱり話って、そっちの用事だったんですね。だけどその事件、おれの出る幕はないんじゃないかな。大方、自主的な家出か何かに決まってます。少なくとも、動機はしごく前向きなものだと思いますよ。八百屋《やおや》お七《しち》さんにしろ、道成寺《どうじょうじ》の清姫《きよひめ》さんにしろ、恋する娘さんの行動力って、尋常じゃありませんもの。婚約披露宴の当日にいなくなるなんて、いかにもじゃないですか」

「そいつはずいぶん乱暴な言いぐさだな。誘拐の線は疑わないのか？　なにしろあの身代《しんだい》だ。身代金の額だって、たっぷり期待できそうだぜ？」

「べつにお金持ちがみんな、誘拐の被害に遭うって決まったものじゃないでしょう？　それに営利目的の誘拐なら、婚約披露宴の日とか、自宅の料理屋でとか、そんな御大層な状況を選ぶ理由がありません。悪いことって、ふつうは幽霊の出そうな場所でこっそり行われるものじゃないのかな。

　それよりなにより、そういう実際的なことを、占いやまじないでどうにかしようなんて発想は間違っていますよ。ほんとうのところ、何かを知ろうとするのなら、過去と現在をつぶさに調査して、分析して、可能性を検証するしかないんです。お嬢さんの居場所くらい、そっちでどうにかして突きとめてください。そのために権力と人員を確保しているんでしょう？　警察って」

「おい、そりゃあないぜ。こっちだって、ただ手をつかねていたわけじゃねえんだ。嬢さんが卒業した女学校のご友人から懇意《こんい》にしていた牧師まで、ひととおりは調べてみたさ」

「それで？　何もわからなかったんですか」

「少なくとも、どの家にもかくまわれてはいなかったな。それどころか皆、嬢さんがいなくなったと聞いて、本気で驚いているふうだった。結局、親に隠れてつき合っていた男もいなかったしな」

「それ、確かですか？」

「俺が調べたところでは、な」

　静は力なく笑った。夜見坂は、つかの間沈黙した。

「わかりました」

「やってくれるかい」

「つまり、彼女の家庭の内幕を内偵してこいってことですよね。まじないを口実にして」

「すまんな、正面から当たって、手がかりを得るのはそろそろ限界みたいでな。だめもとで、どうにか探ってみてくれ。なにしろ、まじない屋ってのは、人の懐《ふところ》入り込むにはずいぶん都合のいい商売だからな。

人間、苦境に立つほど周囲に対して疑い深くなるもんだが、まじない屋ばかりはそういう人間をかえって安心させる。警戒させるどころか、困れば困るほど、信頼される。妙なことだが、これは他の職にはない強みだな。まじないとは縁のない俺が言うのもなんだが、案外じいさんは、おまえに使いでのある技術を置き土産に遺していってくれたのかもしれんぜ」

「そういう言い方って、なんだか人の弱みにつけ込む詐欺師《さぎし》扱いされているみたいで気が滅入ります。まじないって、じつのところ経済活動とはあまり相性が良くないんじゃないかな。おれは副業にするなら、もっと違う仕事がよかったです。少なくとも、幾つの人間がやっても不自然じゃないような……」

「それは言っても仕様がねえだろ。じいさんは、ああいうじいさんだったんだから。おまえがあとを継ぐことになったのも、ただそういう巡り合わせだったたってことじゃないのかね。夜見坂は代々、まじないを業として世渡りしてきた家だと聞いているが、じいさんのあとには適性のある人間は俺を含めて、誰も出なかったわけだしな。

じっさいのところ、まじないの才覚ってのは生まれつきがすべてなんだろう？『見る目』がなけりゃ、継ぎたくても継げないたぐいの仕事だ。余人にはない、見る力——たまたま、おまえにはその手の才があった。考えようによっては、しあわせな巡り合わせじゃねえか。

おまえはじいさんゆずりのこの金物屋を繁盛させたかろうが、客商売ばっかりはなあ……思いのままってわけにはいかねえさ。最近じゃあもう、どっちが本業なんだかわからなくなってきているみてえだし、もしこの店がおまえの重荷になってるってんなら平、変な意地を張らずにいつでもたたんでいいんだぜ？　何なら、ここを売り払って別の商売をはじめたってちっとも構いやしねえ。なにせ、金物屋はじいさんが若い頃にほんの気まぐれではじめた商売だ。跡目っつってもよ、もともと一代こっきりの店じゃねえか。何に義理立てする必要もねえ」

「失礼な！　二代ですよ」

静の言いぐさに大いに憤慨しながら、夜見坂は即座に言い返した。


静と夜見坂が話をしているあいだに、バウムクーヘンは恐ろしい速さで皿の上から姿を消していった。

供されたのが食事のすぐあとということもあって、ほんのひと切れでじゅうぶんすぎるほどに満足した千尋には、夜見坂と静の菓子の食べっぷりは、驚異的に映った。

そもそもバウムクーヘンという菓子は、夏場には向かない食べ物なのではないだろうか。うまいはうまいが、うるおいが足りない。ぱさぱさする。そのうえ、側面を厚く覆う糖衣《とうい》がのどを渇かせる。おかげでどうしても、胸につっかえがちになる。

にもかかわらず、夜見坂と静は、話の合間合間にひっきりなしに、まるで果物でもつまむようにそれをたいらげていくのである。見ているだけで胸やけを起こしそうだった。

はたして、話にきりがついたときには、皿の上はすっかり空になっていた。残っているものといえば、わずかにこぼれ落ちた糖衣の残骸《ざんがい》ばかりである。

千尋は話がひと段落したのを潮《しお》にして、ふたたび暇《いとま》を言い出した。いまから歩いていけばちょうど、次のバスに間に合いそうだった。

「失礼、すっかり長居をしてしまいました。僕はそろそろ……」

千尋は軽く頭を下げて、片膝を立てた。

すると、さっきまで調子よく世間話に興じていた静が、急に口をつぐんだ。立ち上がった千尋を目で追いながら――しかし、今度は強いて千尋を引き止めようとはせず、そのかわりに自分のほうでも身軽に腰を上げた。

「なら、ついでだ。俺も引きあげるかな。賀川さん、もしバス停まで歩くなら、俺も同じ方向です。一緒に行きましょう」


夕方の街路には、西日が強く照りつけていた。

勤め帰りの背広姿や作業着姿が、暑さにうだりながら家路についていくそのかたわらを、仕事終わりの荷車や自転車が通り過ぎていく。それを右に左に、避けたり避けられたりしながら、千尋と静は並んで歩いていた。

向こうから、また荷車がやってきた。売り物がきれいにさばけたと見えて、荷台のなかは空っぽだった。車を引く駄馬が地面の上にぽたぽたと垂らした汗の跡を、大きな車輪が踏んでいく。

それを避けて道の端に寄ったところで、静が唐突に口を開いた。目の前を行き過ぎる車に視線を向けたまま、ぽつりと言った。

「おかしなやつでしょう」

一瞬、何のことを言われたのかわからずに、千尋は静の横顔に目を向けた。が、やがて見当がついた。

「……夜見坂君のことですか」

静は黙ってうなずいた。口許にきまり悪そうな笑みが浮かんでいた。

「まったく、可愛げのねえやつでして」

言葉面とは裏腹に、まるで息子を自慢する父親のような口ぶりだった。千尋はそのことに、安心を新たにしながら答えた。静が『横暴な父親』のたぐいではなくてほんとうによかったという思いが、自然と千尋の口調を明るくした。

「確かに。失礼ですが、なるほど彼は少し変わった人ですね。彼が自分のことを誰かの父親だなんて言い出したときには、まったく、どういうことかとびっくりしました。あの齢で息子がいるなんて、まさかとは思いましたが……間違いだとわかって、じつはずいぶんほっとしています。彼、大人びてはいますけど、まだ、ほんとうの大人になるのには早すぎます。もっと気楽に子供時代を楽しんでほしい。こんなこと、僕の勝手な感傷かもしれませんが……」

荷車が行き過ぎ、千尋と静はふたたび路上に出て歩きはじめた。ちょうど静に水を向けられた格好になって、千尋は、自分が夜見坂と知り合うことになった事情を、思いつくままに静に話して聞かせた。そのあいだ、静はひとつの言葉を差し挟むこともせず、千尋の話をじっと聞いていた。

千尋が話を終えても、静はしばらく、黙ったままでいた。

やがて言った。

「あなた、いい人だな。あいつのことをそんなふうに言ってくれる知り合いができて、俺はほんとうにうれしいですよ」

静はしきりに目をしばたかせながら、話す口許を片手で覆った。

「でもね、あいつの言うこともまるきりの間違いってわけじゃないんですよ。なにしろああ見えて、ほんとうに俺の親みたいな立場にいるものでね。いやなに、書類上の話です。あいつ、俺の祖父の戸籍上の息子なんですよ。つまり、俺から見れば一応、尊属にあたるわけでして、俺はすでに親父を亡《な》くしていますから、ああやって俺の親父がわりを気取るのにもまあ、理由がないわけじゃないんです」

「それじゃあ……夜見坂君は、平蔵《へいぞう》氏の養子だったんですか」

「そうです。賀川さんは、十二年前の九月に王都で起こった、あの大災害を記憶しておいでですか」

「でしょうか」

「ええ。僕はまだ中学に上がる前でしたけれど。直接目にしたわけじゃありませんが、人の話や新聞の記事で災害の惨状《さんじょう》はいくらも耳に入ってきましたから、よく覚えています」

　静がうなずいた。

「じっさい、ひどいもんでしたよ。王都の南半分がすっかり水没しちまいましてね。俺はあのとき二十三で、郊外で交番詰の巡査をやっていたもので、どうにか命を拾いましたが、両親と妹と家屋敷はきれいさっぱり海にのまれちまいました。当座、仕事で身動きの取れなかった俺のかわりにじいさんが王都に出てきてくれて、諸々《もろもろ》の後始末をしてくれたわけですが。

　そのときに、じいさんが我が家のあったあたり――泥沼と化した夜見坂家の前でぼんやりしていたあいつを拾ったわけでして」

「災害孤児……だったんですか。夜見坂君は」

「そういうことですな。状況から考えて……まあ、おそらくは」

静は目をふせ、大きく息をついた。

「見つけたときはちょっと、人とは思えない姿だったってえ、聞いています。頭から足の先まで泥まみれで、身体中ガチガチで、ね」

「それはずいぶん……」

「えらいことですよ。じっさい、どこもかしこも冷えきっていたんでしょうな。話しかけても愛想笑いどころか、返事もしない。いつまでたっても口をきかない。ずいぶん長い間、身体を強張《こわば》らせて石みたいになっていたって、じいさんが言っていました」

「彼の……身内は見つからなかったんですか」

千尋の問いかけに、静は無言のまま肩をすくめた。

「……まあ、乗りかかった船ってえところです。じいさんはそのままあいつをこっちに連れて帰ってきたんです。それから風呂に入れて、飯を食わせて、子供が喜ぶような物語をいくつも聞かせてやって。一緒に生活しながら温めて、温めて、甦生《そせい》させたんですな。

見たところ、ちょうど三つ四つの年頃で、そんなら、少しは身の上の手がかりになりそうなことも聞きだせようってものですが、受けたショックが大きすぎたせいか、どこかに頭でもぶつけたものか、結局、災害以前のことは何も思い出せなかったらしくてね。じいさんが自分の名前から、一字——平の字をやって、新たに『はかる』と名づけたんです。それから、自分の息子にするための届けを出したというわけでして。正確な齢は結局わからずじまいでしたので、そこはまあ、目分量で」

「ご立派なことです」

「なに、あれで、じいさんのほうでもずいぶん救われたんじゃないかと思います。小さいやつに父さんなんて呼ばれるようになってみりゃ、そりゃあ、まんざらでもないってふうでね。そんなわけですから、人並みに生き返ってからの平のじいさんへの懐きようときたら、ひとととおりじゃなくてね。

　はやりもしない店にこだわって、俺みたいな中年男の帰る家を守るだなんてばかばかしいことを大真面目に考えて、大方、妙な使命感にとりつかれたおかしなやつに見えるでしょうが、あいつはあいつなりにああやって自分を励ましているんでしょう。

　なにしろ、成り行きってやつには容赦がありませんからね。大事な人間を失おうが、何がどう変わっちまおうが、それでも生きている限り現実は続いていく。まあ、不肖《ふしょう》の甥《おい》っ子の身としては、年下の親父代理殿をあたたかい目で見守ってやるに如《し》くはなしといったところです」

　言い終えて、静は豪快に笑った。

　しばらくの間、ふたりが歩調をそろえて進む、靴音だけが続いた。

　静は、いつまでも黙ったままでいる連れを不審に思って、となりを歩く千尋の様子をちらりと盗み見た。

千尋はしんみりとうつむいたままでいた。思い詰めたようなまなざしが、足もとに落ちた影にじっと注がれていた。

　静の顔に、しまったというような表情が浮かんだ。

「いやはや、これは失礼しました。いくらあなたがいい人だからって、初対面の人間に向かっていきなり話すようなことじゃありませんでしたね。勘弁してください。俺も、もう少しあいつのところに顔を出せたらとは思うんですが、これでなにぶん忙しい身の上で。さいわい転勤の希望が聞き入れられたもので、この行政区に職場を得ることができましたが、あなたのような人があいつの近くにいてくださると思うと、これから毎晩高いびきで寝られそうで、そいつがあんまりうれしかったもんで、つい、しゃべりすぎました」

「いえ、申し訳ないのは僕のほうです。彼の力になれればと思うのですが……たいした役には立てそうもありません」

　いかにも残念そうに言う千尋を見て——やがて静は、思わずといった体でふきだした。笑いながら千尋の背中をばんと叩いた。

「役に立つも立たないも賀川さん、ただいてくれるだけでじゅうぶんですよ。ご迷惑かも知れませんがあなた、ずいぶんあいつに懐かれているようだから」

「懐かれる？　夜見坂君は誰に対してもあんなふうですよ。親切で、礼儀正しい」

「それが、そうでもないんですな。一見、人当たりがいいように見えて、なかなか。あれで人の好き嫌いははっきりしているやつでしてね。『常人ならざる目』を持っているせいかもしれませんね。人とは違った尺度で事物を見る。ひょっとすると、見なくていいものまで見ちまっているのかもしれません。ともあれ、あいつが進んで飯を食わせた相手だってんなら、間違いありませんな。あいつはあなたのこと、ずいぶん買っていますよ」

「はあ……そうでしょうか」

あいまいに首をかしげた千尋に、静は言い切った。

「そうですとも。あいつはじつにわかりやすいんです。とにかくやたらにものを食わせようとするんですよ。気に入った人間には。おそらくじいさんの影響なんでしょうな。あの人もそんなふうだったから」

静に言われて、千尋はすぐに、白飯を大盛りにした茶碗を差し出す夜見坂の姿を思い出した。

――しかし、あれは。

千尋は笑いながら首を振った。

「たしかにたくさん食べさせてはくれますが……まかないの代金をちゃんと払っているので、そのせいじゃないでしょうか」

「だからこそ、ですよ」

静が含み笑いしながら言った。

「あなたから金を取るのは、まあ、あいつなりの遠慮なんでしょう。慎《つつし》みってやつです」

言われて、千尋はしばらく静の発言の意味を考え込んだ。しかし、何のどのへんが慎みなのか、さっぱりわからなかった。夜見坂が自分にどういう種類の遠慮をしているのか、何の必要があってそんなことをするのかもやはりわからなかったが、あえて静に質《ただ》すことはしないでおいた。わかってもわからなくても、どちらでもいいことのように思えたからである。

「あんなやつですが、どうかこれからも、いい友だちでいてやってください」

別れ際、千尋の両手を痛いほどの握力で握りしめながら静が言った。どういうわけだか鼻声だったので、少なからずあわてた。

身に覚えがあるわけではなかったが、まるで愛娘《まなむすめ》を、その夫となる男に託そうとする父親のようだと思った。なるほど、聞きしに勝る居心地の悪さだ。

――これじゃあ、どっちが父親気取りかわからないな。

などと思いながら千尋は、いかつい外見からは想像しがたいことながら、意外にも繊細な心根の持ち主らしい静を、本心からの言葉で励ましておいた。

「そうご心配されなくても、大丈夫だと思います。彼は、夜見坂さんがお考えになっているより、よほどしっかりした人ですよ」

3

翌日は日曜日だった。

地面の至る所から陽炎《かげろう》の立つ昼下がり、千尋は小さな紙包みを片手に、元待《もとまち》町の路上を歩いていた。菓子店、酒屋、乾物屋——いまではすっかり目になじんだ商店の前を通り過ぎた。そのうちに目当ての、小さな雑貨屋の店構えが見えはじめた。夜見坂金物店である。

千尋はそこで思いがけず、店先に出ている店主の姿を発見した。たったいま戸締まりを済ませたばかり、というふうである。出かけるところらしい。カッターシャツに黒いズボンという格好は普段のとおりだったが、いつもの下駄履きではなく、きちんと靴を履いて、片手に大きな風呂敷包みを提げている。

近づいてくる足音に気づいたのだろう。夜見坂が顔を上げた。

時ならず姿をあらわした知人を見つけて、うれしそうに——というよりは、けげんそうに千尋を見た。純粋に目の前にあるものを怪しむときの、何だろう、という顔つきだった。

「千尋さん？　何してるんですか、こんなところで。今日は家庭教師の約束、ありませんでしたよね」

夜見坂が思いがけない訪問者を見るような目つきで、さらには、いかにも不審そうに首をかしげたので、夜見坂の外出のじゃまをするつもりのない千尋は、素知らぬ顔で答えた。

「今日は家庭教師も休みだし、用事もないし、暇だったから散歩のついでにここまで足をのばしてみただけだよ。途中でおいしそうなみつ豆を買ったから、きみにどうかと思ったんだが。出かけるところなら仕方がないな、これは夜食にでもしてくれ」

千尋は、提げていた紙包みを夜見坂に差し出した。暗緑色の包装紙には、山野宮《やまのみや》町の老舗《しにせ》菓子店、白扇《はくおう》屋の商標——白い扇《おうぎ》模様が散っていた。

近隣では、気の張る相手への遣いものにするのがふつうの、高級菓子店の包みを唐突に胸元に押しつけられて、夜見坂はますます疑わしそうな顔つきになって千尋を見た。

「千尋さん、何だか変ですよ？　いつもと違う。だいたいいままで、用もないのにうちの店に来たことなんてなかったじゃないですか。散歩のついでだなんて、嘘《うそ》でしょう？　さては昨日、静さんに何か言われたんですね。おれのこと、よろしくとかなんとか」

図星を指された千尋は、ぐっとのどを詰まらせて黙りこんだ。

まさしくそのとおりだった。いま、千尋がこの場所に立っているのは、じつにくだらない理由——というのは、昨日、静に聞いた話を思い返しているうちに、災害で縁者の一切を失ったという夜見坂のことが、無性に気になりはじめたせいだった。散々気にしたあげく、今朝になってとうとうこちらに足を向けてしまったという次第である。もやもやとした気がかりが、何くれとなく夜見坂の世話を焼いてやりたいという気持ちになって出た。散歩のついでなどというのはもちろん白々しい口実で、もとより元待町に所用などあるはずもなかった。無論、そんなセンチメンタルな心情を、正直に告白するつもりはなかったが。

夜見坂に気味悪がられて、千尋はいまさらながらに、自らの短慮を反省した。よくよく考えてみれば、このようなふるまいは、はなはだ感傷的な自己満足行為にすぎず、夜見坂にしてみれば、大方、余計な世話であるのに違いなかった。あらためて昨日から今日にかけての自分の行動を省《かえり》みているうちに、己《おのれ》の軟弱ぶりに寒気がしてきた。

しかしありがたいことに、夜見坂はその件について、深く追及するつもりはないらしかった。あっさりと話題を変えた。

「いま、ちょうど出かけようとしていたところだったんです。今日は日曜日で店も休みだし、昨日、静さんに頼まれたこと、さっさと片づけてしまおうと思って」

「そうみたいだね。じゃあ、僕はこれで失礼するよ」

行きかけたところで、千尋は思わず足を止めた。夜見坂のくすくす笑いに背中をくすぐられたせいである。どうしても振り返らずにはいられなかった。

夜見坂は親しげな微笑を浮かべてそこに立っていた。すっと背筋を伸ばして、からかうようなまなざしをまっすぐに千尋に向けていた。

「あいかわらずお人好しなんだから。そんなじゃ、いつか悪い人に騙《だま》されちゃいますよ」

「きみみたいな子供に心配されるほど、ぼんやりじゃないよ」

半ば本気で憤慨《ふんがい》しながら言い返したところで、手振りで店のほうを示された。しつけの行き届いた給仕のような、美しいしぐさだった。

「いいから、さっさと上がってください。せっかくですもの。みつ豆、ごちそうになってから行きます。あ、そうだ。そんなに暇なら、荷物持ちとしてつき合ってもらおうかな。そうしてくれたら、ずいぶん助かります」


蘭都町は、古くから商いを営む料理屋や茶屋が軒《のき》を連ねる、歓楽の都市であった。ふつうの街とは違って、遊興施設が集中するという特殊な事情から派生した、独特の慣習を持つ。そのため、極度に保守的な土地柄にあって、『花鳥』は、新興ながらに近隣に高級店として名をとどろかせることに成功した、希代の料理店であった。

主人の鳥居清太郎《とりいせいたろう》は、もとは長く雑穀店を営んできた商家に生まれついた人物であったが、三十の齢に、突然の商売替えに及んだ。代々の当主が地道に築いた父祖《ふそ》伝来の財産を注ぎ込んで、かねてから念願だった料理屋経営に乗り出したものである。

さいわい、彼の目論見は成功した。広すぎる庭や建物の造作が、商い事には不向きだということで、実質に比して破格の安値で売り出された競売物件を買い取って以来、たった一代で料理屋経営を軌道に乗せ、名を売った。時機が良かったということもある。使用人に恵まれて、経営を傾かせるような災難に見舞われることもなく、ついには『蘭都町に花鳥あり』との評判を手にすることができたのには、なるほど多分に運の強さも関係していた。

しかし成功の核心は、何といっても、主人の才覚のうちにこそあった。清太郎は、客に良い夢を見させる方法を、誰に教わることもなく、承知している人物だった。結果、花鳥には、他店とは一線を画する独特の個性が生まれた。清浄、優雅、天上の逸楽《いつらく》を思わせるような居心地の良さ。なにより日常では接することのできない浮世離れした雰囲気が、この店を成功に導いた、第一の要因であった。

そもそも遊興施設というものは、覚めながらにして夢を見るための道具立てである。金満家が財力にものを言わせた異常な乱痴気《らんちき》騒ぎを好むのは、ひとえにこの世にありがたい夢の時間、非常識を体験するためである。あたりまえではとても許されない不品行の資格を、金で買っているのだ。そのために、遊興施設はふつう、そこを利用する客の欲望を外観、内容ともに露骨に反映させたものになる。

ひるがえって、花鳥が客に提供する夢は、そのような直截《ちょくさい》的な表現をとるものではなかった。それでいて、ありふれた遊興施設にもひけをとらない非日常性で客を満足させるのである。さながら物語のなかに遊ぶような快《こころよ》い酔い心地を提供する料理店——とても素直な、しかしそれは、他のどの店でも体験できない種類の贅沢だった。享楽の常にもあらず、そこにいる間、客はむしろ普段よりも清雅な人間になったかのような気分を満喫することができる。機嫌よく、何の後ろめたさを感じることもなく、また来たいという気持ちにさせられる。花鳥は、そんな不思議な魅力を持った料理屋だった。

蘭都町の高価な地所を贅沢に占有する敷地に趣味よく配された花鳥の店舗は、王族の別邸さながらの古風な気品を備えていた。瑠璃《るり》色の瓦屋根、木の香が匂い立つような白木の腰板。さりげなく配置された趣味の良い書画骨董《こっとう》。季節をそこに閉じ込めたかのような見事な庭園。しつけの行き届いた給仕人。毎回違う趣向をこらした上品な宴席。そこに供される料理もやはり、他店では味わえないたぐいのものだ。

どの茶屋も、花鳥の客の求めとあれば、優先的に芸妓《げいぎ》を手配した。この種の特別扱いは、単に事業の成功を物語る、当然の現象にすぎないということもできたが、茶屋の、花鳥に対する厚遇ぶりは、まんざら商売っ気のせいばかりではなかった。客筋が良いために、もてなす側の人間にさえ好まれる店だったのである。

蘭都町にほど近い駅でバスを降りた夜見坂と千尋は、街なかに向かっててくてくと歩を進めていた。遊客ならば、迷わず車屋を雇うところだが、もちろんそのような贅沢は、ふたりには縁のないことである。

まずは半時ばかり歩いた。

街を南北に分断する運河に沿って、さらに進んだ。西に傾きかけた陽《ひ》が、人と建物の影を長くのばしはじめていた。

午後の遅い時間であった。そろそろ暑さも峠を越えようというのに、往来の人通りはまばらどころか、絶えてなかった。

「どういうわけだろう。いやに閑散としているね」

けげんそうにあたりを見まわしている千尋に、夜見坂が言った。

「それはここが夜の街だからですよ。昼間は半分眠っているんです」

夜見坂がさらりと返してきた夜の街、という言葉の、耳慣れない響きに、急に落ち着かなくなった。

千尋はいままで、蘭都町に足を踏み入れたことが一度もなかった。それどころか、こうして歓楽街をうろつくのも初めての経験だった。学生だから、ということもあったが、立ち寄る理由がなかったからである。

もちろん、同じ学生の身分でありながら、歓楽施設に出入りする知人がなかったわけではない。彼らの話すところによれば、蘭都町というところは、金のある人間にとっては夢のような場所らしい。客の要求に忠実に構築された人工の空間、というわけである。そこには、金で買えるあらゆる楽しみが存在する――ことになっていた。

そんな先入観があるせいか、そのような場所を歩いていると自覚するだけで、何とはなしに腰が引けてきた。夜の街の華やかさを目の当たりにしなくても、享楽の残り香とでもいうべきものが、そこかしこにうっすらと残留しているような気がした。

じっさいのところ、千尋にとっては、はなはだ怪しげに思える――つまりは、まったくなじみのない雰囲気をたたえた街だった。

――どうにも居心地が悪い。

そんなふうに意識しはじめると、もういけなかった。足裏が地面についていないような気がする。見慣れぬ外観をした建物が立ち並び、おそらくはそのせいで、空気の匂いさえもがふつうとは違っているような心地がした。そらぞらしい街。そんなはずがあるわけもないのに、どことなく異界めいて感じられる。なぜだろうと考えて、ここが、人が『生活』をするための街ではないからかもしれないと思いあたった。

一方、夜見坂のほうはあいかわらずの平静ぶりだった。午後の陽が照りつける街路を、勝手知ったる様子でさっさと進んでいく。初めての道ではないのだろうか。となりを歩きながら、千尋は夜見坂のすっきりとした横顔に、不審のまなざしを向けた。

路地裏に入ると、さすがに人の姿が目につきはじめた。が、行きあう通行人は、どこかありきたりではなかった。路地の奥から聞こえてくる、三味線や、謡《うた》いの声。路上で遊んでいる子供までもが、こざっぱりとして、大人びているように見えた。どこがどうとは言えないながら、普段目にする近所の子供たちとは、やはり感じが違っていた。

途中、湯屋の帰りらしき女性とすれ違った。このときはわけもなく狼狽《ろうばい》せずにはいられなかった。そのうえ、彼女に嫣然《えんぜん》としたまなざしで微笑みかけられたときには、ほんとうにぎょっとした。

妙な動悸《どうき》を覚えてとなりを見れば、さいわい夜見坂はあらぬほうを向いていた。いまのを見られなくてよかった、と小さく息をついたのもつかの間、じきに夜見坂の肩が細かく震えているのに気がついた。どうやら笑いをこらえているらしい。いたたまれなくなって、千尋のほうでもそっぽを向いた。

夜見坂と知り合ってからこちら、何事によらず、ちょっとした場面や機会に、自分の物知らずさや、経験の拙さに気づかされる千尋だった。おおよそ医学生のなかには、知識を拠《よ》り所にした自尊心が服を着て歩いているような人間が少なくないのだが、それがどれだけ間抜けなことなのかを思い知らされる。なるほど、ある分野での知識は豊富だが、それ以外の部分となると、はたしてどうなのか。ひとりの人間の知識に偏《かたよ》りがあるのは仕方がないとしても、はなはだ心許《こころもと》なく思えてくるのである。

とくに夜見坂の、どんなときにも平静な態度を目の当たりにするたびに、自分の未熟さを反省しないではいられなかった。年長者としてこんなことではいけないと思うが、いかんともしがたい。

それにしても暑かった。

千尋は片手に提げた大きな風呂敷包みを、もう一方の手に持ち替えた。夜見坂は依然、遠足中の子供のように調子よく歩を進めていた。やがて道路の片側にあらわれた掘割《ほりわり》をのぞき込みながら、普段とまったく変わらない呑気な口調で言った。

「見てください千尋さん、鯉《こい》がたくさん泳いでいますよ。ここで太らせて、お客に出すのかな。いまの季節だと、汁物より洗いの注文のほうが多そうですね。おれなら、夏でも汁物にしちゃいますけど」

運河の向こうに花鳥の立派な門構えがあらわれたのは、それから間もなくのことだった。

高い塀の上からのぞく屋根と植木の様子だけを見ても、料理屋のおおよその規模をうかがい知ることができた。世間の評判に違わず、たいした風格である。

千尋が瑠璃色に輝く瓦屋根をぼんやりと見上げていると、ふいに手にした風呂敷包みを引っ張られた。

「お疲れ様でした。荷物、ここからはおれが持ちます。先に行って、なかの人に声をかけてきますから、千尋さんはちょっとのあいだここで待っていてください」

夜見坂は有無を言わせず千尋から風呂敷包みを奪い取ると、運河にかかった橋を渡りはじめた。千尋は否《いな》を言う暇も理由もなく、ぽつんと対岸に取り残された。

橋を渡り終えた夜見坂が、花鳥の白木の門に向かって訪いを入れているのが見える。風呂敷包みを奪われた千尋は、急に淋しくなった両腕を組んで、手持ち無沙汰《ぶさた》にあたりに視線をさまよわせた。

足もとから涼しい水音が聞こえてくる。下を見ると、流れの底に揺らめく水草と、深緑の茂みに見え隠れする小魚の姿が目に入った。魚の群れが一斉に向きを変えるたび、暗い水の流れのなかに銀色の光が閃《ひらめ》く。光はつかの間見えなくなって、またじきにあらわれる。小魚は、身をひるがえらせては水草にたわむれることを、飽かず繰り返していた。

千尋は朱塗りの欄干《らんかん》に身をもたせかけながら、ひととき、川の流れに逆らって泳ぐ小魚の様子を、熱心に眺めた。

夜見坂が門に向かって訪いを告げると、すぐに下足番と思《おぼ》しき男が対応に出てきた。齢の頃は六十過ぎといったところで、その種の仕事に就《つ》いている人にはめずらしく、非常に物腰の柔らかな人物であった。訪問者の風体を見て、彼は一瞬、拍子抜けしたような表情を見せたが、そこは名店の下足番、行儀にはどこよりも厳しい花鳥の僕《ぼく》である。あくまで慇懃《いんぎん》に、何でございましょうか、と用件を問うた。

「ここのご主人に、お目通りを願いたいのですが」

夜見坂のほうでも、ごく丁寧に申し出た。下足番は困り顔になった。

「失礼ですが、お約束は頂戴《ちょうだい》してございましょうか。当店では、事前のお約束なしのお客様のご要望には、対応しかねるのでございますが」

「当方は客ではありません。まじないを生業《なりわい》としている者ですが、こちらのお嬢様のことを耳にいたしまして、ぜひお力になりたく、参上いたしました」

「お嬢様のこと……でございますか?」

下足番は、一転、警戒心をむきだしにして、夜見坂をじろじろと眺めまわした。まさしくペテン師を見る目つきである。

夜見坂にとっては、毎度おなじみの成り行きであった。しかし今日の夜見坂は、いつにもまして落ち着いた態度で、遠慮なく疑惑の視線を向けてくる男に対応した。

依然、相手を怪しむ態度を隠そうともしない下足番に、夜見坂は親しげに切り出した。

「ほら、見てくださいい小父《おじ》さん」

小さな手振りで、下足番の注意を千尋に向けさせた。

「あそこに立っているのがおれの先生です。姿のいい人でしょう? そう、あそこの。太《たい》鼓《こ》橋のたもとのところで腕組みをして、運河をのぞき込んでいるあの人です。

先生は、若いながらにとても有能なまじない屋なんですよ。手前味噌《みそ》ですけど、うちの先生ならきっと、お嬢さんが失踪《しっそう》した事件の手がかりを見つけられると思うんです。ご主人がだめなら他の方でも構いません。奥様なら、話くらいは聞いてくださるんじゃないかな。うまくいかなければお代はいただきません。ここはひとつ、だめもとで試されてみてはいかがでしょう。ええ、ほんのちょっとでいいんです。お話しする時間をいただけるだけで。奥向きに、お声をかけてみてくださいませんか」

通されたのは、離れに設えられた清楚《せいそ》な客間だった。

敷地内の林のなかにひっそりとたたずむ、風情のある小家である。座敷の四方は縁に囲まれており、そこから発した長い通路のみで他の建物とつながっていた。

千尋は、夜見坂ともども給仕の丁重な案内を受けて、そこに落ち着いた。縁側に半ばまで下ろされた簾《すだれ》にはじまって、建具、調度は趣味よく控えめで、細く立ち上る蚊遣《かや》りの煙が畳おもての青い匂いと一緒になって、あたりに涼しく香っていた。とても贅沢であるのに、ことさらにそれを感じさせない落ち着いた装飾。静かですがすがしく、じつに心和《なご》む設えであった。

にもかかわらず。

千尋はさきほどから少しも落ち着けずにいた。とにかく居心地が悪かった。

下足番からはじまって、顔を合わせることになった人々の真剣なまなざしが、ことごとく自分だけに向けられているような気がしたのは、気のせいだろうか。他にも、いくつかひっかかるところがあった。些細《ささい》なことだ。思い過ごしかもしれない。

――しかし。

なぜ、付き添いの自分が夜見坂を差し置いて、上座に座らされるのだろう。なぜ、夜見坂はさっきから、千尋の背後に隠れるような態度を崩さないのだろう。

離れに通されてから、ずいぶんな時間が経過していた。

寝具のように厚い座布団の上に座らされて、かれこれ半時間ばかり。出された茶は、杉の大木を輪切りにして作られた一枚板の座卓の上で、手つかずのまま冷めきっていた。

「いやに待たされるね」

いたたまれず、言っても仕様のないことをわざわざ口に出してみた。はたしてとなりからは、いかにも素っ気ない答えが返ってきただけだった。

「きっとあちらにも、いろいろと都合があるんですよ。たとえば、心の準備とか」

――心の準備だって?

どことはなしに不安を感じさせる夜見坂の発言に、千尋はますます落ち着かなくなって、あたりに視線をさまよわせた。とたんに、夜見坂の小声にたしなめられた。

「だめですよ。そんなふうにきょろきょろしちゃ。この商売はイメージが命なんですから。落ち着いて、何でもお見通しって顔をしておかなきゃ。自信のなさそうなそぶりなんて、絶対にしないでください。といって、芝居がかった態度は禁物です。そんなことをしたら、安っぽい詐欺師だと思われてしまいます」

なにゆえ荷物持ちにすぎない自分にそんな指導が入ったのかはさておき、ずいぶん難しいことを言われて、千尋は困惑した。

嘘でもいいから堂々としていろ、しかし芝居がかっていてはいけない。つまりは、千尋自身でも役者でもない、何者かになれというのが夜見坂の注文らしかった。

しかしそれでは、いったい何になれというのだ。夜見坂は忘れているようだが、そもそも自分は『まじない屋』ではなく、『まじない屋の荷物持ち』なのだ。はなからまじない屋らしくなど、できるはずがないではないか。

不平を鳴らそうとしたところで、待ち人が至った。

襖の向こう、通路の奥から荒々しい足音が近づいてくる。尋常の足音ではなかった。単なる歩行音にしては、恐ろしいような迫力である。

次の瞬間、足音同様、いかにも手荒く建具が引き開けられた。

足音のあるじは、恰幅《かっぷく》の良い身体を鉄色の着物で包んだ壮年の男であった。おそらくは花鳥の主人であろうと思われた。名の通った料理屋のあるじらしく、押し出し良く、みるからに円満そうな風貌を備えていたが、その顔つきばかりは鬼のように恐ろしかった。

じつに血相を変えて客間にあらわれたその男は、千尋と夜見坂を目前にして、前置きも遠慮もなく、怒りを叩きつけた。

「この、騙《かた》りどもめが。また性懲《しょうこ》りもなく我が家の不幸を食い物にしに来おったか！」

真っ赤な顔で口中にわきあがる憎しみの毒をかみ、男自身がその苦さに顔をゆがませたところで、お召し姿の婦人が追いついてきた。

こちらは主人の妻女だと思われた。男は彼女に気がつくと、今度はそちらを振り返って、これまた容赦のない怒声を浴びせた。

「何度言えばわかる。こういう輩《やから》に、二度と当家の敷居を跨《また》がせることまかりならんと言っておいたはずだ」

ところが、婦人のほうでも負けてはいなかった。きちんとうち合わせた着物の衿《えり》元からのぞく首筋をきりりと伸ばし、キッと眦《まなじり》を吊り上げて言い返した。

「でもあなた、こんどこそ、あの子のことが何かわかるかもしれないじゃありませんか！」

彼女は、頭に血を上らせた夫に、決然とくいさがった。思わず片手を振り上げた夫の前で、しかし奥方は一歩も退《ひ》かなかった。ただ、怒りからとも悲しみからともつかない涙を白い頬にはらはらとこぼして、夫を睨《にら》みつけただけだった。

とんでもない愁嘆場《しゅうたんば》だった。まるで芝居の一場面を見せられているかのような劇的な状況に、声をかけることはおろか、身動きをすることさえ憚《はばか》られた。

姿を消した娘を捜す手立てを失って荒れる父親と、それでもなお、かすかな望みに縋りつかずにはいられない母親。あたりまえのふた親の姿に涙を誘われて、千尋は黙ってうつむいた。

しかし、夜見坂は違っていた。悲劇の真っ只中にある夫妻に、顔色ひとつ変えずに話しかけた。

「……お取り込み中のところ、申し訳ありませんが」

場違いに呑気に響いた少年の声に、夫妻の言い争いの声がはたと止んだ。

そこにいる少年に、いま初めて気がついたような顔をして、ふたりは夜見坂を見おろした。夜見坂は小さな動作で会釈をした。

「もともと、お約束もなしにおうかがいしたのは当方です。帰れというならそのようにいたします。ですが、話も聞いていただけないというのは、いかにも残念です。贋《にせ》まじない業者の被害に遭われたようにお見受けしますが、世にあるもののぜんぶが紛い物というわけではありません。せっかくの機会をお逃しになることのありませんよう。

金銭詐欺についてなら、ご心配は無用に願います。ご令嬢を見つけられなかった場合は一切、報酬をいただきませんから。『料金体系は公正にわかりやすく』が、うちのモットーなんです」

怒りのせいでどす黒くなった主人の唇が、ぎくしゃくと動いた。

「おまえたちは、彼奴《きゃつ》らとは違うというのか。ほんとうに私たちの助けになってくれるというのかね」

「はい」

夜見坂がはっきりと言い切ったとたん、主人の態度が崩れるように軟化した。眉を下げ、頬を震わせ、さきほどとはうって変わった、かぼそい声で訊いた。

「ほんとうにか?」

「尽力いたします」

そのひとことで、主人は急に芯棒を抜かれた案山子《かかし》のようになった。かくんと膝を折り、へなへなとその場に座り込んだ。

「婚約披露宴の直前、介添えの手伝いに付き添われて手洗いに立ったのを見送ったのが、あの子を……峰子《みねこ》を見た最後になりました」

悲しみに青ざめた娘の母親——鳥居房子《ふさこ》は、その夜のことを涙声で説明した。

「手伝いの話では、手洗いに行く前に、自室に忘れた香袋を取りに戻ると言って……それっきりだったと……」

「ご息女の失跡に気づかれたあと、すぐに警察に相談されたんでしたね。邸《やしき》のなかも、周辺も、隈《くま》なく捜索されたとか。それでも峰子さんは見つからなかった」

「はい。袖の切れ端、草履《ぞうり》の片方さえ見つかりませんでした。ごらんのとおり、当家の敷地から外に出ることができるのは、正面の門、ただ一カ所だけです。それなのに、下足番の吉次《きちじ》は峰子の姿を見ていないと言うのです。もう、私たちには何が何だか……」

「そう、ここの敷地は周囲をすっかり堀割に囲まれていましたね。塀だってかなりの高さで、乗り越えるにはどうしたって梯子《はしご》が必要です。それでなくても振り袖姿の娘さんがあそこを乗り越えていくだなんて、ちょっと考えられませんね。塀の外には、通行人だっていたでしょうし。それにしても、正面門が唯一の出入り口だなんてこのお店、ずいぶん変わった造りなんですね」

夜見坂の投げかけた素朴《そぼく》な問いを、今度は主人が引き取った。

「もとは、少々浮世離れした好事家の持ち物だったものをそっくり買い取って、改築したものですから。しかしそれで、たいした不便はなかったのです。裏庭は広々としていますし、調理場は門のすぐわきにありますので。入り口に簡単な仕切りをたてて、使用人たちはそこから出入りさせておりました」

「すると、お勤めの方の出入りする姿は、下足番さんからは確認できないのでしょうか？」

「いえ、そんなことはありません。少なくとも、手伝いか調理場の人間かくらいの区別がつく程度には、見分けられるはずです。玄関にいて調理場から門に至るまでには、何の遮《しゃ》蔽《へい》物もありませんから」

「ではその、下足番の吉次さんが嘘をついている可能性については、どう思われますか？」

「創業当初からこの店に仕えてくれている吉次が、そんな悪質な嘘をつくとは思えません。峰子の婚約のことだって、ずいぶん喜んでくれていたのに」

「そうですか。では、その婚約のことですが、お相手の方とはどういうご縁で？」

「私と、婿《むこ》の父親が中学時代からの友人で、以前からお互いの子を一緒にする約束をしておりました。生まれる前からの許嫁《いいなずけ》というやつです。さいわい、友人の息子は温厚篤実《とくじつ》、たいへん気立ての良い青年で、峰子のほうは利発な器量よし、双方でずいぶん恵まれた縁談だと、親馬鹿ながら関係者一同、人知れず悦に入っていたほどでした」

「なるほど。傍目《はため》には一点の曇りもない良縁だったんですね。破談にするなんて、誰にも思いもよらないような――」

　主人がけげんそうな顔をした。

「それは、どういう……」

「いえ、こっちの話です。ところで、お話をうかがった限りですと、どうやらご令嬢は『神隠し』に遭われた可能性が高いように思われます」

「神隠し……やはり、そうですか」

　峰子の両親は目に見えて落胆した。『神隠し』という見立ては、神の仕業、という名が示すとおりに、その解決が人の手には余ることを意味するからである。そうした特殊な事態によく対処しようとするならば、凡百《ぼんびゃく》の人間は『本物の』まじない屋に頼るより他にやりようがない。しかし、はたして本物のまじない屋なるものがありふれて存在しているのかどうか。夫妻の懸念は、まさにそのことなのであった。

夫妻は目を上げて、祈るようなまなざしで、そこにいるまじない屋を――千尋を見た。

「ええ、神隠しです。たとえばこんなふうに何もないように見える空間にも――」

言って、夜見坂が片手を虚空《こくう》に掲げると、夫妻の視線はようやく千尋の上を離れて、夜見坂の指先の方へと移動した。

「――ぽっかりと異界への入り口が開いていたりするものなんです。それは、時なり場所なり、特別な条件下にあって、限られたあいだにのみに起こることではありますが、ご令嬢はたまたま、そこに行きあわせてしまったのでしょう」

「それでは娘は……峰子は、いまこのときも、異界にとどめられているのでしょうか」

「その可能性は大いにあります。ついては、この建物のなかを、ひととおり調べさせていただけないでしょうか。その際、案内役をつけてくださると、とても助かります。ぜひ、ご令嬢の最もそば近くに仕えていた手伝いの方を。

もし、家内に首尾よく怪異の跡が見つけられれば、もう一度そこから異界への口を開いて、ご息女をつれもどすことができるかもしれません」

夜見坂はかたわらの風呂敷包みを引き寄せると、そこからいくつかの小道具を選んで取り出した。マッチ箱。それから、胴体に仰々《ぎょうぎょう》しい経文《きょうもん》を書きつけた大ろうそく。さらにそれを立てるための手燭《てしょく》、の三品である。

――ずいぶんいろんなものが入れてあったんだな。道理で重かったはずだ。

千尋は、ろうそくに火を移す夜見坂を眺めながら、道中の謎だった荷物の重さ、その理由に納得した。

一方、夜見坂はひき続き真面目な顔つきで、夫妻に小道具の説明をはじめた。

「これは、怪異を照らす燈明《とうみょう》です。祝詞《のりと》を唱えながらこんなふうに掲げると昼間でも、魔性のモノの影が壁に映るんです――」

そんな説明を、夫妻は神妙な面持ちで聞いている。

そのうちに、峰子のねえやだという手伝いが呼ばれて来た。三十代半ばと思しき、頑健そうな、加えて、見るからに溌剌《はつらつ》とした女丈夫だった。

「フキと申します。このたびはお嬢様のことで、力になっていただけるそうで。どうぞよろしくお頼み申します」

夜見坂を差し置いて真っ先に頭を下げられて、千尋はあわててお辞儀を返した。

「いえ、こちらこそよろしく」

フキがまた、頭を下げた。際限なくお辞儀を繰り返すふたりを尻目に、夜見坂が火をともした手燭を持って立ち上がった。

それから、周囲の期待のまなざしを一身に浴びて、身の置き所もないといった様子の千尋に声をかけた。

「それではさっそく参りましょうか。先生」

4

鏡のごとく磨き込まれた長い廊下を、フキはきびきびとした足取りで進んでいった。

少し遅れて彼女の後ろに従いながら、千尋は夜見坂に小声で話しかけた。

「さっき、きみ、僕のことを妙なふうに呼ばなかったか」

「妙なふう？　さあ、どうでしたっけ」

「先生と呼んだ」

「ああ、それなら」

非難がましく眉をひそめた千尋の言い分を、夜見坂はあっさりと認めた。

「呼びましたよ」

「僕はきみの先生じゃない」

「知っていますよ」

「そういうことではなくて、なぜきみが僕を先生などと呼んだのかと訊いているんだ」

「そういうことにしておいたほうが、都合がいいからに決まっているじゃないですか」

「きみは都合がいいかもしれないが、僕は悪い。どうするんだ？　まじないのことを訊ねられても、僕は何も説明できないぞ」

「じゃあ、黙っててください。仕事はこっちでぜんぶ引き受けますから。千尋さんはいてくれるだけで役に立つんだから。それで文句はないでしょう？」

「いや、そういう問題じゃ――」

　言いかけたところで、フキが千尋と夜見坂を振り返った。

「ここでございます」

　フキが引き開けた唐紙の向こうは、ありふれた様式ではないながらに、ひと目でそれとわかる若い女性の部屋だった。花鳥の跡取り娘、鳥居峰子の自室である。

　室内は整然と片づいていた。片づきすぎて、娘らしくない――といえば言い過ぎになるが、琴や、裁縫道具や、人形や糸玉などといった小物の一切見当たらないその部屋は、やはりあたりまえの『年頃の娘の部屋』の様子とは、ずいぶん趣《おもむき》を異にしていた。どことも知れず、きっぱりとして、潔《いさぎよ》い。

　鏡台には、あたりまえの木綿《もめん》布ではなく、西洋風の格子模様の、毛織の覆いがかけられていた。寝台のカバー、椅子に置かれた座布団にも、同じ布地が用いられている。部屋のあるじは西洋趣味を持っていたものらしい。本箱にも、ちらほらと洋書が見受けられた。

「栄《えい》語辞書に、文法指南書に、会話集か。小説も栄国か雨《う》国のものばかりだ……おや、栄《えい》字の料理書まであるね」

　本箱をのぞき込みながら千尋が言うと、フキがたいそう感心ながら言った。

「はあ、まじない屋さんってのは、ずいぶん学があるもんですねえ。お嬢様もねえ、そりゃあ、お勉強の好きなお方でしたよ。旦那様にねだりなさって、七つのころから毎週、横文字を習いに通っておいででした」

「ではそのときは、きっとフキさんが峰子さんのお供をしたのでしょうね。先生のお宅は、ここから遠いんですか？」

　夜見坂が口を挟んだ。

「お嬢様の横文字の先生というのは、山の手《やまて》の教会の牧師様の奥様ですよ。あのお宅に横文字を習いに通っていらっしゃるお方は他にも多くありますけれど、それにしたって、うちのお嬢様ほど熱心に通われていた方は、ちょっとなかったんじゃないでしょうかねえ」

「そうですか。峰子さんはずいぶん勉強熱心なお嬢さんだったんですね。ところで、神隠しに遭う以前、彼女に、いつもと変わった様子はなかったでしょうか。たとえば、外出の頻度が多くなったとか？　誰かと頻繁《ひんぱん》に手紙をやりとりしていたとか？」

「いいえ。手紙やなんかは下足番の吉次さんが届けてくれるんですが、とくに多うはございませんでした。それも、たいていはこちらでお名前も存じております、女学校のご学友様からのお手紙ばかりで。怪しげなものはなかったと聞いております」

「なるほど。じゃあ、こっちはどうですか。最近お店をやめた人なんか、ありませんか？手伝いさんでも、調理場の方でも、雑用係の方でも」

「ありませんねえ」

「では、お勤めの方のなかで、とくにお嬢さんと懇意にしていらした方は？」

「ああ、それならありますよ」

しばらく否ばかりを繰り返していたフキは、急に元気になって答えた。

「誰です？」

今度は千尋が口を挟んだ。

「調理場の、慎太《しんた》さんです」

「男性ですか！」

フキの答えに、夜見坂が食いついた。千尋までもが身を乗り出しかけたので、フキはあわてて言い足した。

「懇意って言っても、べつに、ふつうにまわりが心配するような男女の仲の良さってんじゃないんですよ。あの人はお嬢様にとっては、まるで犬みたいなもので」

「犬？」

声をそろえたふたりに、フキはきまり悪そうに声をひそめた。

「なにしろねえ、慎太さんって人は、お嬢様のためなら後先かまわず、どんなことでもしてしまうような考え無しなんでねえ」

「どんなことでも、ですか？」

「ええ、あの人は、子供の頃からそうなんですよ。お嬢様のこととなると、まるで分別が足らなくなって。ほんとうに、困った人ですよ」

　フキはあきれたように首を振った。

「いつぞやも、そうでした。お嬢様の帽子が風にさらわれて運河に落ちて、そのまま流されてしまったことがありましてね。間の悪いことに、それがまあ、おろしたての気に入りの帽子だったもので、お嬢様はそりゃあ、がっかりなさいましてね。ところが、お嬢様ときたら、ほんのよちよち歩きの頃から変に気の強いお方でしてねえ。そんなことがあっても、じっさいには涙ひとつお見せになりませんでしたよ。とは申しましても、あのときお嬢様はまだほんの十ばかりの子供だったんですもの。家に着いたときには、真っ赤な顔をして、じっと泣くのをこらえていらっしゃいましたねえ。奥様が、おかえりなさいとお声をかけられてもむっつり黙り込んで、お部屋にこもってしまわれましてね。あとで私のほうで奥様にことの次第をご報告申しあげたのですけれど。

　そうしましたら、その日の夕方から慎太さんの姿がふっつり見えなくなりましてね。調理場じゃあ、これから忙しくなろうかってときに下働きが消えたっていうので、皆が腹を立ててたいへんでした。給仕や小間使いにまで、とんだ恩知らずだと散々そしられたりいたしましてね。皆てっきり、調理場の仕事のつらさに耐えかねて脱走したのだと思っておりましたんですよ。

けれど、お嬢様だけが慎太さんの肩をお持ちでした。きっといまに帰ってくるっておっしゃいましてね。慎太さんの悪口を誰にも言わせなかった。ですけど、あれは大方、お嬢様の願望だったのかもしれませんね。だって、商家の見習いの逃亡なんてよく聞く話ですし、お嬢様は、慎太さんを犬みたいにかわいがっていらっしゃいましたしね」

「犬みたいにかわいがるって……どういうことでしょう」

千尋が不思議そうに訊いた。

「犬みたいっていったらそりゃあ、芸とご褒美ですよ」

フキは訳知り顔でうなずいた。

「お嬢様は慎太さんに変な用事を頼んでは、うまくできたら褒めてやるんです。褒美にお菓子なんかをあげたりなんかいたしましてね」

「変な用事というと？」

水を向けた千尋に、フキは思わずといった様子で明るい笑い声をたて、すぐに非礼を詫《わ》びた。

「すみませんね。でも、いま思い出してもおかしいようなことなんです。ほんとうに、妙な用事が多ございましたよ。そうですねえ、百数えるあいだ飛び続ける紙飛行機を作れなんていう難題もありましたね」

「紙飛行機を……そんなに長くですか」

あきれて訊き返した千尋に、フキは肩をすくめてみせた。

「ですけど、慎太さんときたらほんとうに何とかしたんですよ。その無理難題を。自分で工作した模型飛行機を、ひどく高い場所から飛ばしたんです」

「というと、屋根の上やなんかからでしょうか」

「ええ、そうです。だけどただの屋根じゃありません。ほら、山の手の教会。あそこの尖塔に登って飛ばしたんですよ。まったく、命知らずとしか言いようがありませんよ。下から見上げても恐ろしいような高さですのに。おかげで教会の人たちは大騒ぎでしたねえ。なんて人騒がせな子だろうって、危うく花鳥を首になるところでした。

ここのお店《たな》は従業員の素行に関しては、とても厳しいところですからね。結局お嬢様が命じたせいだということがわかって、どうにか旦那様からお許しがいただけましたけれど。ですから、お嬢様と慎太さんの仲が良かったことは確かなんです。世間で言うのとはちょっと違ったふうにですけれど。

失踪した慎太さんが見つかったのは、姿が見えなくなってから三、四日たったあとでしたかしら。河岸《かし》に仕入れに出ていた小波《こなみ》さんという人が、泥で真っ黒けになった子供を連れて戻りました。ええ、慎太さんですよ。運河伝いにずっとお嬢様の帽子を捜し歩いていたらしくて。

　馬鹿なことをしたものです。たとえ見つかったとしても、いったん泥に浸かった帽子がもとのように使えるはずもないことくらい、ちょっと考えればわかりそうなものですのに。もうなんですか、皆、怒るのも忘れてあきれておりましたね。

　口の悪い人なんか、こいつは人ではなくてお嬢様の犬なんだから、腹を立てても仕方があるめえ、なんて言いましてね。結局最後まで腹を立てていたのは、またお嬢様おひとりだけでした。『わたしは頼んでいない』なんておっしゃいましてね、慎太さんのことをちっとも褒めてやりゃしませんでしたね。ぷいと顔をそむけてお部屋に引っ込んでしまわれました。

　慎太さんにはなお悪いことに、その晩から高熱を出して寝込むはめにもなってしまいましてね。二、三日は床を上げられなかったんですよ。なにしろ真冬のことでしたし、よほど根をつめてお嬢様の帽子を探したんじゃないでしょうかね。あのときばかりは、慎太さんの馬鹿さ加減が、なんだか愛《いと》おしいように思えましたねえ」

　フキはしんみりと息をついた。

「へえ、それは興味深いな。つまり慎太さんという人は、いままでに、並みの使用人以上の献身を峰子さんに捧げてきたということなんですね。彼、何か峰子さんに負い目でもあるんでしょうか」

夜見坂にうながされて、根っからのおしゃべりなのだろう、フキは意気揚々と答えた。

「そりゃ、ありますよ。なにせ、恩人のお嬢様なんですからね」

「恩人……というと、こちらのご主人のことですか」

フキはうなずいた。

「じつは、慎太さんは拾われっ子でねえ。かわいそうに、十二年前の王都の災害で孤児になったのを、被災した取引先を見舞いに行った旦那様が、何かしらの縁があったとかで連れてお戻りなさった子供なんです。

ちょうどあのとき、慎太さんは七つで、お嬢様は、六つでしたかしら。でもだからって、子供らしく仲良くするというのでもなくて、旦那様どころかお嬢様にまで、はじめっから、犬が主人に仕えるような態度でしたねえ、慎太さんは。

ところが、お嬢様というお人はまあ、竹を割ったようなご性格だもんで、どうにかして慎太さんと対等のつき合いをしようとしなさって。それでも、慎太さんのほうでそうすることを承知しませんで。そうなるとまたお嬢様のほうでもむきになって、何とか慎太さんに犬みたいな態度をやめさせようとして、かえって無体なことばかり言いつけなさったりしてね。ほら、もともとはそのせいなんですよ。お嬢様が慎太さんに無理を言いつけるようになったのは。

帽子の一件があってからは、それまでのように無茶な意地悪もしなさらなくなりましたけれど。お嬢様もようやっと娘らしくなられたと、奥様などはほんとうに喜んでおいでしたよ。そのうちに無事女学校を卒業されて、風月《ふうげつ》の坊っちゃんとの縁談もとんとん拍子に進んで。あとはおふたり、ほれぼれするような夫婦《めおと》になって、おしあわせにお暮らしになるものとばかり、皆で楽しみにしておりましたのに――」

フキは急にしゅんとなって声を落とした。

「それがまあ、こんなことになって。世の中、一寸先は闇ってのは、ほんとうなんですねえ。お嬢様は、いったいどこへ隠されておしまいになったのか――」

あるじのいない室内を見まわしながら、いまさらながらにぞっとしたものか、フキは小さく身震いをした。

「鬼にさらわれたのか、妖魔に魅入られたのか、ほんとうに恐ろしい。どうか早く、お嬢様を見つけてさしあげてくださいまし」

「あなたが慎太さんですか？」

だしぬけに名前を呼ばれて顔を上げると、煙出しから、見知らぬ少年がひょっこりと顔をのぞかせていた。煮炊き物に使う出し汁の準備をしていた慎太は、不意をうたれて声も出せずに後ずさった。ずいぶんたってから、やっと質問されていたことを思い出して、ぎこちなくうなずいてみせた。

一時間後に迫った営業時間をひかえて、調理場は大忙しであった。せわしなく交差する下駄の音と、そこかしこから立ち上る湯気や煙、ひっきりなしに飛び交う罵声《ばせい》や怒声をものともせず、不審な少年は引き続き慎太に話しかけた。

「そうですか。それではお忙しいところ、ほんとうに申し訳ないんですが。ちょっと出てきてお話をお聞かせ願えないでしょうか。こちらのお嬢さんのことなんですけれど。いったいどこへ消えてしまわれたのか、ここのご夫妻の依頼を受けて調べているところなんです。あなたにも協力していただけると、すごく助かります」

慎太はしばらくのあいだぽかんとして、煙出しから話しかけてくる見知らぬ少年の顔を眺めていたが、夜見坂がぜんぶを言い終えないうちに、さっと顔をうつむけた。

夜見坂が、お嬢さんという言葉を口に出した矢先のことだった。

慎太は加減を見ている鍋のなかに視線を固定したまま、硬い声で言った。

「すみません。いま忙しいので。話はできません」

ところが慎太の低い声は、同じタイミングで飛んできた大音声《だいおんじょう》にかき消されてしまった。

「おお、あんた方ですか。いま、調べ物をしておいでの、まじない屋というのは」

あたりにあふれる食材や、調理器具や、料理人たちをかきわけながら調理場の奥から姿をあらわしたのは、五十年配の固太りの大男だった。他の料理人たちと同様に、白い上っ張りと被り物を身に着けていたが、貫録が違った。

あきらかに調理場の首領らしきその人物は、夜見坂にうながされて窓枠からそっと顔をのぞかせた千尋に、ひょいと胡麻塩頭《ごましお》を下げてみせた。太い眉の下に大きな目玉がのぞく男の容貌は、さながら生きている鬼瓦《おにがわら》のようである。顔の造り自体がいかついうえに、深刻な表情をさらに積み増したそのおもてには、格別の迫力があった。

「手前は、花鳥料理長の石原《いしはら》と申します。事情は奥様からうかがっております。うちの嬢さんの行方を調べてくださっているとか。どうか、万事よろしくお頼み申します」

石原は、千尋に向かって丁寧にあいさつをしたあと、一転して、かたわらの慎太を怒鳴りつけた。

「ここはいいから慎太、行って、知っていることを何でも話してさしあげろ」

「でも、準備がまだ……」

応える慎太の声は、気の毒なほど弱々しかった。

といって、すぐに親方の命令に従おうとするそぶりもないのだった。

慎太はこの期に及んで、湯気をたてている大鍋を未練がましく振り返った。仕事を口実にして、この場をどうにかやりすごせないか――そんな思惑が透けて見える、いかにもぐずぐずとした態度だった。もっとも、慎太のささやかすぎる抵抗は、石原の口添えによってたちまち退けられてしまった。

「なあに、ちょっと話をするあいだだけだ。鍋の具合くれえ、俺が見ておいてやらあ。どうってことねえ。さあ、わかったらさっさと行ってこい」

　石原は、岩石のような身体で、鍋の前に突っ立っている慎太をぐいと押しのけた。そのついでに、背後に怒声を飛ばした。

「おい、三吉《さんきち》、炭入れが空になりかけてるぞ！」

「はい、親方！」

　答える弟子の声までがほとんど怒鳴り声である。各々の地声が大きいのか、それが調場の習慣なのか、ふつうの会話がすでにして怒鳴り合いであった。

　この親方の指示に逆らうのは、ずいぶん危険なことであるように思われた。いつまでももたもたしていようものなら、拳骨《げんこつ》の二つや三つ、あたりまえにお見舞いされそうだった。はたして慎太はうなだれながら、前掛けをはずした。親方の言いつけでは仕方がない、といわんばかりの、諦めの顔つきだった。

　かくして、ほとんど追い出されるようにして調理場を抜け出してきた慎太は、しぶしぶと夜見坂と千尋の前に姿をあらわした。

　背丈は高くも低くもなかった。肉付きはこころもち薄かったが、これといって特徴のない体つきである。筆で刷《は》いたような形の良い眉と、意思の強さを感じさせる引き締まった口許が、彼を利発そうに見せていた。あらかじめ聞いてもいなければ、彼がかつて教会の屋根に登った無思慮な少年だとは、とても信じられなかった。

夜見坂は、慎太に向かって同道をうながすべく小さく頭を下げたあとで、そのまま庭園のほうへ歩きだした。あとから千尋と慎太が続いた。

しばらく沈黙が続いた。

千尋は後ろに従ってくる慎太をちらりと顧《かえり》みた。慎太は思い詰めたようなまなざしを伏せたまま、口を開こうともしなかった。固く結ばれた唇。まるで牢に引かれていく罪人のようにとぼとぼと歩を進めている。千尋はそんな慎太を不審に思った。

主家のお嬢さんの失踪。フキがそうだったように、ふつうなら、その手がかりを探している人間に、もっと積極的に協力するものなのではないだろうか。ましてや忠犬のように仕えていた相手だというのだから、さらに熱心であってもいいはずだ。なのに、この青年の気乗りしない様子はどういうわけなのだろう。そのことを少なからず怪しみながら、千尋は慎太に話しかけた。

「きみは、お嬢さんのことが心配ではないの？」

とたんに、それまでどこかぼんやりしていた慎太の顔つきが険悪になった。訊ねた千尋をきつく睨みつけ、火のように激しい口調でかみついた。

「そんなわけありません！」

あまりの剣幕にたじたじとなった千尋の横あいから、夜見坂が口を挟んだ。

「だけど、さっきはまるで、お嬢さんより出し汁のほうがよほど心配って態度でしたよ？」

夜見坂の言葉に、慎太ははっと我に返ったようだった。

三人は松の庭園の入り口にほど近い、人造池のそばまで来ていた。池の向こうに高々と造作された築山《つきやま》を臨《のぞ》むことのできる、すばらしい場所だ。

慎太は、たちまちさっきまでの頼りなげな様子に戻ってまごまごした。

「すみません。でも、お嬢さんのことは……こうなったら、そっとしておくのがいちばんいいんじゃないかと思うんです」

夜見坂が大きく目を見開いた。

「へえ、なぜですか?」

問われた慎太の答えは、はなはだ要領を得ないものだった。

「なんとなく、そう思っただけです」

「そうですか。なんとなく、ですか」

つぶやきながらあさっての方向に目を転じた夜見坂は、唐突に話題を変えた。

「ところで慎太さんはこんな昔話をご存じでしょうか。お話の舞台は、三百年ばかり古い時代、とある港町です。その町にある夜、鬼が出たというんです。この鬼は、背が高くて、頑丈で、おまけにたいそうな美男だったそうです。伝えられているところでは。

さて、その鬼なんですけど、たった一晩のうちにずいぶんたくさんの、年頃の娘さんたちを町からかどわかしていきました。といっても、娘さんの家に力ずくに押し入ったりするのではなくて、不思議な術を使って彼女たちを誘い出したんです。

そう、鬼は邪術使いだったんです。

こうなると娘さんたちを連れ去るのはいとも簡単です。なにしろ夜になるのを待っているだけで、自らすすんで家を出てきてくれるんですから。ひとりでのこのこ待ち合わせ場所に訪ねてきたところを、順番にジャガイモ袋に詰め込んで、さっさと口を縛ってしまえばいい。そんなふうにしてつかまえた娘さんたちを、鬼は乗ってきた船に積みこんで、嬉々として地獄へ帰っていったということです。だけど――」

思わせぶりに中断された話の先を求めるように、慎太は不安げなまなざしを上げた。そんな慎太の顔色をのぞき込むようにして確かめながら、夜見坂が続けた。

「……鬼はそんなにたくさんの娘さんたちを、いったいどうするつもりだったんでしょう。奥方にするには数が多すぎるし、第一それじゃあ、喧嘩《けんか》になってたいへんでしょう？

残念なことに、真相は闇のなかです。なぜなら、その後の娘さんたちの消息は伝わっていないからです。だけど後世の人々は、彼女たちの行方をこんなふうに憶測しました。毎日生き血を搾《しぼ》り取られて、鬼の食卓を豊かにしていたんじゃないか、って」

話を終えた夜見坂にじっと見つめられて、慎太は乾いた唇をかみしめた。夜見坂は、そんな慎太に何でもないことのように微笑みかけた。

「もちろんこんなこと、ただの作り話です。きっと世間知らずの娘さんが、知らない男の口車に乗ってついていったりしないように創作された教訓話でしょう。だけど……ねえ、慎太さん。ほんの少しだけ、心配になったりしませんか？　まさかとは思いますけど、いなくなったお嬢さんがいましもどこかで、そんな目に遭ってるんじゃないかって。地獄で、鬼に生き血を搾り取られているんじゃないかって」

夜見坂の軽口を聞いたとたん、慎太のおもてからすっと血色が失《う》せた。

「そんな……はず」

答える声が震えていた。おそらくは、ひどい動揺のせいで。しかし夜見坂は手加減などしなかった。たたみかけるように慎太に質した。

「何か、ご存じなんですね？」

しかし慎太はその問いに答えようとはしなかった。頑《かたく》なに口を閉ざして首を振った。まるで、不安の重みに耐えるかのように深くうつむいて、小声で言い捨てた。

「あの、俺、やっぱり。調理場に戻ります」

止める間もなかった。慎太はあっという間に身をひるがえすと、もと来た方向に駆けていった。白い上っ張りの背中は、じきに建物の影に隠れて見えなくなった。

「ああ、逃げられてしまったね。きみに不気味な昔話を聞かされて、気を悪くしたんじゃないかな」

苦笑いする千尋に、夜見坂は口をとがらせた。

「不気味な昔話だなんて失礼だな。あれは慎太さんを試験するための方便です。彼、評判どおりにずいぶん素直な人でしたね。おかげでだいぶ可能性がしぼられましたよ」

「いまので何がわかったっていうんだい？　彼、何も話してくれなかったじゃないか」

千尋は首をかしげた。

「語られることばかりがすべてじゃありません」

夜見坂は涼しい顔で答えた。

「無言のうちにだって彼はちゃんと、手がかりを残していってくれましたよ」

言いながら、夜見坂は足もとに落ちていた小枝を拾って、土の上に花鳥の見取り図を描いた。

「店舗部分が二棟。離れが三棟。で、こっちが自宅用の建物。それから、ここが調理場。それぞれが屋根つきの通路でつないでありましたね。

お嬢さんがいなくなったのは、自宅付近だということでしたから、このあたり。店舗と調理場からは、ちょうど各々の建物と庭園に隠れて死角になる場所です。しかも、お嬢さんの失踪当時は、婚約披露宴の最中だったんです。おそらく住居部分に人目はなかったと思われます。彼女は誰に見とがめられることなく、隠れることができたはずなんです」

「隠れる？　いったい、この地所のどこにそんな場所が残っているっていうんだい。さっきフキさんの案内で敷地内はどこもかしこも残らず見てまわったが、そんな場所はなかったはずだよ」

「いやだな、まだ見ていないところがあるじゃないですか。ほら、あそこですよ」

夜見坂が庭園の築山を指差した。

「築山？」

予想もしていなかった夜見坂の指摘に、たちまち不吉な想像が働いた。

——まさか、すでに何者かに殺害されて、あそこに埋められているのか？

築山に絶望のまなざしを注いでいる千尋の顔を見て、夜見坂があきれ声で言った。

「違いますよ。ちょうど築山の向こうに建っている、土蔵です。さっき、おれが質問するたびに慎太さん、しきりにあちらのほうに目を遣っていたでしょう？」

「そうかい？　少しも気づかなかったよ」

「もし、慎太さんがお嬢さん失踪事件の協力者なのだとしたら、あの蔵に対して何か反応してくれるんじゃないかと思ってここに連れてきてみたんだけど……やっぱりでした」

「でも、あの土蔵は開かずの蔵だって、フキさんが言っていたじゃないか。この地所を買い取った当初から蔵の鍵は紛失していて、あのなかには誰も足を踏み入れたことがないということだった。いつか、新しい土蔵が入り用になったときに、まるごと取り壊す予定にしているとも——」

「ええ、それはそうなんでしょうけど。じっさい、蔵の扉には大きな錠前《じょうまえ》が、これ見よがしにぶらさげてありましたしね」

夜見坂はさっさと庭園を横切って、築山の裏側に回り込んだ。

間もなく、問題の土蔵が全容をあらわした。夜見坂は、まっすぐにそこに近づいていき——厚い扉の前で立ちどまった。

——どうするつもりだ？

あとに続いた千尋は、しきりに何かを調べている様子の夜見坂の手もとをのぞき込んだ。

夜見坂は錆《さび》の浮いた錠前に両手を触れていた。幅三十センチはあろうかという、見るからに頑丈そうな錠前である。蔵のなかにどんな用事があるにせよ、鍵がないというのでは手の出しようがないように思われた。

しかし次の瞬間、錠前はいとも簡単に取り外されたのである。どんな道具の世話にもならず、文字どおり指先ひとつで夜見坂はそれをやってのけた。さながら、ペン立てから筆を取るように軽々と、蔵を封じる錠前から金棒を引き抜いてみせたのである。

千尋はまばたきをした。

目の当たりにしてなお信じがたい夜見坂の奇術に、しばらく声も出なかった。

不思議そうに絶句したままでいる千尋に、夜見坂は今日、何度目かになるあきれ顔を向けた。

「壊れていたんですよ。はじめから。べつに、開かずの蔵って名前がついているからといって、ほんとに開かないと決まったものじゃないです」

「なんだ、そうだったのか」

と、拍子抜けしながらも、また新たな疑問がわいてきた。

「……だとしても、どうしてきみは、この錠前が壊れていることを知っていたんだ？」

「知っていたわけじゃありません。その可能性に思い至っただけです。だって、お嬢さんが隠れるとしたら、ここしかないんだし、だったら鍵が壊れてなきゃ都合が悪いじゃないですか」

――そうなのか？

千尋はいまひとつ釈然としない思いで夜見坂を見た。

夜見坂は蔵の扉を引き開けた。明かり取りが閉じられているせいで、蔵のなかは真っ暗だった。

「さあ、入ってみましょう」

千尋は依然、狐につままれたような面持ちで、それでも夜見坂にうながされるままに、白壁に細く切り取られた闇のなかに足を踏み入れた。

夜見坂はズボンのポケットからとりだした携帯用のライトを点灯してから、蔵の扉を閉めた。まじない屋といえども、人目がないところでまで、わざわざ仰々しい小道具を使うつもりはないらしかった。夜見坂の実際家ぶりに、千尋はまたしても感心させられた。

——なるほど、文明の利器は携帯に便利なうえに、手間いらずだ。

かびの臭いが鼻をつき、舞い上がるほこりの刺激がのどの奥を不快にした。携帯ライトの弱々しい光が、蔵のなかの闇をひかえめに切り取っている。円《まる》い灯光のなかに、雑然と取り散らかされた品物の輪郭《りんかく》が、灰色の影になって浮かびあがった。

壁際に並んだ棚から、得体の知れない布類が、ぼろぼろになって垂れ下がっている。あちこちに置かれた大小の木箱や行李《こうり》が、高く、天井まで積み上げられていた。そしてそのすべてを、厚いほこりが覆っているのだった。ほこりの量があまりにもたっぷりとしているので、ちょうど薄墨《うすずみ》色の積雪のように見える。この蔵が、誰にも立ち入られることなく、長い間放置されていたというのは、なるほどほんとうの話らしかった。

夜見坂は、掲げていたライトを足もとに向けた。探し物をするように、ゆっくりと移動していく。床を照らす明かりのなかに、ほこりが剝がれて薄くなっている部分がみとめられた。すると今度は、その跡をたどりはじめた。やがて行き当たった先で、何やらごそごそしていたが、だしぬけに振り返って、千尋を呼んだ。

「見てください。どうやらこれみたいですよ」

行ってみると、何の変哲もない茶箱であった。それが茶箱であることはわかったが、何が『これ』なのかはわからなかった。千尋が黙っていると、夜見坂は茶箱のふたに、つ、と指をすべらせた。その指先を千尋に示してみせる。

「どうです？」

「ほとんど汚れていない」

　答えた千尋に、夜見坂はにっこりと笑いかけた。

「そうです。他の箱とは積もったほこりの量が違う。千尋さん、おれがこうして照らしておきますから、ちょっとこの茶箱のふたを開けてみてくれませんか」

「いいよ」

　千尋は、夜見坂に言われるままに茶箱の前に屈みこんだ。重厚そうな見かけに反して、茶箱のふたは拍子抜けするほど軽い力で持ち上がった。

　はたしてふたが開いたとたん、あたりに強く香ったのは、茶の匂いではなく――香の匂いだった。梅の香をひそませた白檀《びゃくだん》、女性が持つ香袋として特に好まれる香りである。

　あふれ出した芳香と入れ違うようにして、暗く陰った箱のなかに、ライトの光が水のように流れ込んだ。茶箱の内部に満ちた光は、たちまちのうちに、そこにあるものをあきらかにした。黒々とした、澱《よど》み。

　千尋は思わずぞっと肌を粟立《あわだ》たせた。それは日常、めったに目にすることのない、奇怪な物体だった。大量の毛髪。尋常の品物ではなかった。

「……どうして」

思わずつぶやいた千尋のかたわらで、夜見坂は驚きもせずにそれを眺めていた。

ふたりの視線の先、茶箱のなかには、元結近くからぶっつりと断ち切られた髪の束が押し込まれていた。持ち主から切り離されてなお艶《つや》やかな黒髪は、それ自体、命あるもののようになまなましかった。どうかすると、無数の黒蛇がのたくっているように見える。その隙間から、金や銀、緑、紫といったきらびやかな色彩がのぞいているのが、なおのことおどろおどろしい。

そんな茶箱の中身に、夜見坂はためらいもせずに手を触れた。長い髪をかきわけて、夜見坂が箱の底から引っ張り出したのは、黒綸子《りんず》に宝尽くしという、おめでたい意匠の振袖に、金銀の糸で織りあげられた豪勢な袋帯、緑の宝石がはめ込まれた金の帯どめ、紫縮緬《ちりめん》の帯揚げといった、贅沢な衣装——失踪当夜に峰子が身に着けていたものとして、彼女の母親が証言したとおりの品物だった。

「どれもたいへんな高級品だな。おや、見てください、こんなものまでありますよ」

感心ついでに夜見坂が、白い単物を差し出した。見ると、流水模様の織りだされた襦袢《じゅばん》である。千尋はあわてて横を向いた。

「……下重ねまで置いていくなんて、いったい峰子さんはどんな格好をしてここを出て行ったんでしょうね」

至って真面目な口調で夜見坂に問われて、千尋はどぎまぎしながら首を振った。

「さあ、見当もつかないよ」

主人の許しを得て電話を借りに行っていた夜見坂が、ようやく客間に戻ってきた。半時間ばかり前、夜見坂がだしぬけに電話を使わせてほしいと主人に申し出たとき、この状況で、それもいま、なぜ電話機などに用があるのかと、千尋は大いにいぶかった。

あんまりひどいじゃないかと思った。

まじないとは縁もゆかりもない自分を、夜見坂の無責任な発言のせいで、まじないの大家だと勘違いしているらしい、鳥居夫妻である。いまさら『僕はまじない屋ではないのです』と弁明する機会も方法もなく、峰子嬢失踪の理由もわからないまま、彼らと一緒に客間に置き去りにされるなど、考えるだけでぞっとした。

はたしてじっさいに体験してみると、想像どおりのいたたまれなさ、ほんとうに針のむしろであった。といって、その場を逃げ出すわけにもいかず、夫妻からもの問いたげな視線を投げかけられるたびに、連れが戻るまでお持ちくださいと繰り返すほかはなかった。

つらい立場であった。

一方、内容は違えど、夜見坂につらい思いをさせられているという点では、鳥居夫妻の側でも、事情は千尋と似たりよったりなのであった。一刻も早く娘の行方を知りたいという焦りが、夫妻を極度に性急にしていた。ただ待っているだけだというのに、どんどん顔色が悪くなっていく。それはあきらかに、生殺しの状態で放置されている人間の、気の毒な症状であった。

そんなふうにして、三人は静かすぎる離れの客間でじりじりしながら、夜見坂が電話での用件を済ませるのを待っていた。

襖が開き、夜見坂が姿をあらわすと、彼を待ちわびていた三人の表情が一斉に弛緩《しかん》した。固唾《かたず》をのんで報告を待つ鳥居夫妻の横手を通り、気疲れにげっそりしている千尋のとなりに落ち着いた夜見坂は、ようやくのこと、夫妻に向かって口を開いた。

「ご安心ください。お嬢様は、存外近くにいらっしゃると思われます」

夫妻の身体が同時に前のめりになった。が、まだ続きがあった。

「ただしそれは、あたりまえの場所ではありません」

夜見坂の意味不明の言いように、今度は夫妻の顔が、そろって不安げにゆがめられた。

夜見坂はふたりが逐一見せる反応に構うことなく、さらに言葉を継いだ。

「おおよそ、現世《うつしよ》とは斜交《はすか》いに位置する場所、一種の別世界――お嬢様は、そこからの帰り道を見つけられず、迷っておられるようです。うちの先生の見立てによりますと……」

夜見坂は『先生』という一語を強調しつつ、ちらりと千尋の顔をうかがった。

夜見坂の黒い瞳のなかに、千尋が思いがけないものを見出したのは、まさにそのときであった。それは紛れもなく、

――計画犯の、微笑。

千尋ははっとした。ここに至ってようやく、夜見坂の策謀を確信したためである。はじめに自分のことを先生と呼んだ夜見坂。あれは、意味のない悪ふざけなどではなかったのだ。千尋を『偉いまじない屋』に仕立てるための、最初の仕掛け――いや、ことによると、あれ以前から、自分は『先生』という役割を演じさせられていたのかもしれなかった。千尋は夜見坂の恐ろしい一面を垣間見たような気がして、かたわらの少年からそっと目を逸らせた。

ともあれ、こうなると、俄然《がぜん》気になってくるのは、いまの自分の押し出しについてである。詐欺師のそれに見えはしないかと気が気でなくなってきた。が、さいわいなことに、千尋の心配は杞憂《きゆう》に終わった。もとより鳥居夫妻には、まじない屋の素性云々《うんぬん》について詮《せん》議《ぎ》する、余分の気力など残っていなかったからである。

夜見坂が説明を終えないうちに、主人よりもよほど気丈に見えた夫人が、急にぐったりとなって床にうずくまった。どうにか保たせてきた気力が、ついに尽き果てたらしかった。清太郎がおろおろしながら妻を助け起こした。彼女を両手に抱きかかえながら、世にも心細げな声で訊いた。

「それで……私たちはいったい何をすればいいのだね？　あの子を取り戻すために、何ができる？」

「ひたすらお待ちになられることです」

夜見坂は端的に答えた。

「何を……何を待てというのだ」

「お嬢様のお帰りをです」

主人の顔が、みるみる赤くなった。怒りのせいだ。

「やはり、やはり、おまえたちも騙りだったのだね。私たちを虚仮《こけ》にして、そんなにおもしろいのか。この、外道どもめ！」

「騙りなんかじゃありません。お嬢様のいらっしゃる場所と、いまできることを正直に申し上げただけです。お嬢様がお戻りになられるまでは料金もいただかないって言っているのに、そんなふうにお怒りになられても、こっちだって困ります」

いくらか強い口調になった夜見坂に、主人ははたと我に返って言葉つきを改めた。

「そう……だな、おまえたちが悪いわけではないのだ。すまない。娘が無事にしていると、その、異界とやらでちゃんと生きているとわかっただけでもありがたいことだ」

「ご理解いただけたのなら結構です。それじゃあ、我々は、ひとまずこれで失礼しますけど、お嬢様が無事に戻られた暁《あかつき》には、晴れて謝礼をいただきにあがりたいと思いますので、そのときはどうぞよろしくご対応ください」

夜見坂はぺこりと頭を下げた。

千尋もあわてて、それにならった。

下足番の吉次に見送られて、夜見坂と千尋は花鳥をあとにした。日はすでに落ちて、昼間の名残《なごり》の光が、浅い夜の縁にかすかに残されているばかりである。

ぼんぼりをかたどった街灯が妖しく路肩を照らしている。そろそろ人通りの増えはじめた薄暗い往来を、千尋は夜見坂と並んで歩いた。

「なあ、夜見坂君」

暗くなりはじめた街路でうっかり通行人に肩をぶつけないように、しきりにまわりに気を配りながら千尋が口を開いた。

「何ですか」

「きみ、ご両親に、必ずお嬢さんは帰ってくるなんて安請け合いしていたようだけれど、確かなんだろうね。まさか、彼女、深刻な事件に巻き込まれているなんてことはあるまいね。あの茶箱のなかにあったものは……やはり、僕には尋常の品物ではないように思えるんだが。とくにあの髪は……何ともいえない迫力だった」

「ええ、大量の長い髪。あれ、まるで生きているようでしたね。髪にはいろいろな気が滞留しやすいから、生き物じみていたり、不気味だったりするのも当然ですけど。だけど、あの髪と衣装が見つかったおかげで、彼女が無事だってわかったんですよ」

「どうしてそういうことになるのか、僕にはさっぱりわからない」

「おいおいわかりますよ。それより千尋さん、この件が片づくまで、しばらくうちに泊まっていってくれませんか。今回の案件、ちょっと人手が要りそうなんです。もちろん、宿泊代やなんかは心配しなくていいです。今日の荷物持ちの代金ってことで、相殺しておきますから」

「荷物持ちだって？　そうだ。僕は荷物持ちということで、きみにつき合ったんだった。あんなふうにまじない屋のふりをさせられるなんて聞いていなかったよ。おかげでたっぷり冷や汗をかかされた」

千尋のまっとうな抗議を、夜見坂はそよ風に吹かれるようにして受け流した。

「いいじゃないですか。千尋さんが汗をかいてくれたぶん、こっちはずいぶん助かったんだもの。この仕事をするようになってからこのかた、こんなにお客さんの不審の視線を浴びずに済んだのって初めてです。これなら毎回、先生要員として千尋さんを雇ってもいいな」

冗談めかしながらも、半ば本気のまなざしを投げかけてきた夜見坂に、千尋はぞっとしながら首を振った。

「とんでもない。こんなこと、もうこれきりにしてくれ」

5

弟見習いの幸吉《こうきち》が、遠慮しいしい使用人部屋に引きあげてしまうと、調理場には慎太の他には誰もいなくなった。常夜灯だけがともった薄暗い調理場に――その片隅にある洗い場に、しゃきしゃきとたわしを使う音だけが響いていた。

慎太は一心に鍋を磨いていた。頭上にもやもやとした黒雲がたちこめて、どうしても気が晴れないとき、しつこく心にかかることがあるとき、慎太はいつも鍋を磨いた。そうしていると次第に頭のなかが白く、からっぽになってきて、何も考えずに済んだからだ。

しかし、今回ばかりはどうしてもだめだった。少しも心配ごとが頭を離れてくれない。

――こんなことは、お嬢さんがいなくなった、あの日以来だ。

いや、あのときでさえ、いまほど怖いとは思わなかった。お嬢さんの出奔《しゅっぽん》は、彼女が自分の意思で決めて、実行したことだったからだ。

――でも、今度は違う。

胸を抑えつけるような不安の原因はわかっていた。昼間に会ったまじない屋の助手に、妙なことを言われたせいだ。

――いましも、お嬢さんは地獄で鬼に生き血を搾り取られているかもしれない。

そんな馬鹿な。お嬢さんはあたりまえに、この現世にいるはずだ。慎太はそのことだけは知っている。それなのに、いったん心に浮かんだ疑いは、鍋の底にはりついた焼け焦げよりもしつこく意識にこびりついて、ついに慎太の心の内を真っ黒に覆いつくした。

――お嬢さんは行き先で、元気にしておられるのだろうか。ほんとうに？

胃の腑《ふ》がしびれるような不安とともにわきあがってくるのは、そんな恐ろしい疑いばかりだ。

「好きな人がいるの」

正月を過ぎて、間もない頃だった。

昼下がりの陽射《ひざ》しはあたたかな色をして、着実に近づきつつある春の気配を宿していたが、地上を覆う大気はまだ、身を刺すように冷たかった。早咲きの梅の木ばかりが、ようよう花芽をつけはじめていたものの、固く結んだつぼみがほころびはじめるには、まだまだ時間がかかりそうだった。

そんな春浅い午後のことである。あたりの空気の冷たさにも似た、ぴしりとした口調で峰子は言った。

真冬の水のように透き通った峰子の声は、いつも慎太の心をひきたててくれる。その声を耳にするだけで、なんだか腹の底から力がわいて出てくるような気がするのだ。

——そう、いつでも。

たとえば、さきほど聞いたばかりの、耳慣れない種類の言葉であったとしても。

井戸端に山積みにした大根を洗っていた慎太は、作業の手を止めて峰子を見上げた。

峰子の立ち姿は、いつもと変わらず凛々《りり》しかった。ただし、逆光に陰ったおもてには、見慣れぬ表情が浮かんでいた。かすかな緊張。常にもない彼女の顔色は、慎太を少し不安にした。

はたして峰子は、思いつめたようなまなざしで、慎太に恐るべき告白をしたのである。

「だからわたし、家を出るわ」

がつん、と岩で頭を殴られたような気がした。思いがけない成り行きと、想像もしていなかった言葉のもたらした衝撃に、慎太はとっさに返事ができずに黙り込んだ。

どうすればいいのかわからなかった。ただ、困った、何とかしなければ、と思った。なのに、何も言えなかった。馬鹿みたいに、うろたえることしかできなかった。

けっして、峰子が慎太の知らない誰かを慕っているらしいことが、慎太をあわてさせていたのではなかった。そうではなく、峰子がいま手にしている幸福をぜんぶ捨ててしまおうとしていることに、慎太はどうしようもなく動揺していたのだった。

峰子は、いまや飛ぶ鳥を落とす勢いの有名料理店、花鳥のひとり娘だ。それだけでもたいした果報だが、この正月に風月の息子との縁談までもが正式に調った。

風月は逢酒町《おうさかまち》で商いをしている、花鳥の評判にも引けをとらない、こちらは老舗の料理屋で、婿になるはずの慶二郎《けいじろう》は、そこの主人の次男坊であった。慶二郎との縁組は、峰子が生まれる前から各々の父親どうしのあいだでとり交わされていた約束だったそうである。

家の格にしろ、財産の程度にしろ、名実ともに申し分のない、万人を納得させる良縁だった。無論、慎太も万人の例外ではなかった。心の底から、峰子の縁談を喜んでいた。ほんとうに、申し分のない相手だと思っていた。

というのも、慎太自身、風月の次の息子――風森《かざもり》慶二郎という男の人となりを、じゅうぶんに評価していたからである。

花見や節句にかこつけて、花鳥の主人は何度も慶二郎を内輪の宴席に招待した。彼を直接に観察する機会はそれでじゅうぶんだったし、それとなく調べたところでは、悪い評判も出てこなかった。わざと機会を作って、じかに言葉を交わすこともしてみた。

その結果、慎太はすっかり安心することができたのだった。慶二郎は、良い男だった。才気ばしったところもないかわりに親切で、性根がねじけていたりもしない。堅実で穏やかな人柄に、この人ならお嬢さんをけっして不幸にはしまいと、ほっと胸をなでおろしたことを覚えている。

それなのに、峰子は得体の知れない男と一緒になるために、何もかもを捨てて、花鳥を出て行こうとしている。きちんとお膳立てされた『幸せ』を、みすみす台無しにしようとしているのだ。愕然《がくぜん》とせずにはいられなかった。

「わたし、彼とどうしても一緒になりたいの。協力してくれるわね？　慎太」

真剣な面持ちで詰め寄られて、慎太は答えに窮《きゅう》した。やっとこれだけ言った。

「俺は、お嬢さんが不幸になるのを見たくありません」

「わたしは不幸になんてならない。しあわせになるためにこの家を出て行くんだから」

「でも、その人、信用できるんですか。もしかしたら、お嬢さんを騙してひどいことをするつもりかもしれない」

峰子は聡明な娘だった。使用人に対しても、むやみに主人風を吹かせたりはしない。誰に対してもきちんとしかるべき礼節をわきまえているような人だ。そんな峰子が、悪い男になんて騙されるはずがない。そんな馬鹿な人じゃないと思う一方で、慎太はどうしても捨てきれない不安を、そんな言い方で口にせずにはいられなかった。

すると、峰子は決然と言い放った。

「彼は、そんな人じゃない」

あまりにも月並みな答えだった。ありきたりすぎて、慎太には峰子の選択について、愚かとも賢明とも判断がつけられなかった。ひたすらまごまごする慎太に、彼女はたたみかけた。

「ねえ、慎太。わたしがこんなに頼んでいるのに？　頼れるのは、おまえしかいないの。おまえは、わたしを不幸せにしたいの？」

そんなふうに口説かれてはもう、断ることなどできなかった。慎太は峰子を、ほとんど犬が唯一の主人に懐くようにして、一途に慕っていたからだ。

その日から慎太は仕事の合間をぬって、峰子の秘密のために働くようになった。局止めになっている郵便物を取りに行ったり、その返事の手紙をこっそり出しに行ったりした。どちらも、横文字で宛名が記されていた。だから慎太は、手紙の相手が、どこの誰なのかを知らない。

峰子の言いつけに振り回されるのは、子供のとき以来だった。とても懐かしい感覚だった。良くないことに協力しているのかもしれないと思う一方で、峰子の役に立てる、喜ばせることができる、それだけで慎太はじゅうぶんにしあわせだった。

むかしは、どこまでも峰子の言うことに従った慎太だった。そんな慎太を他人は馬鹿にしたり、気の毒がったりしたが、慎太自身はそうすることが少しも嫌ではなかった。峰子のために働けることが楽しく、彼女に礼を言われればうれしいばかりだった。ことはいたって簡単だったのだ。

しかし、いまは少し勝手が違っていた。やみくもに峰子に従うことが、彼女のためになるという確信を持つことができなかったからである。だから、ときどき峰子に逆らった。できませんと言うことで、峰子に無謀な計画を思いとどまらせようとした。

けれども、峰子にまっすぐなまなざしを向けられて、頼むと懇願されてしまうと、やはり嫌とは言えなくなった。峰子の想いをかなえてやりたいと思った。たとえ、そうすることで恩人を――峰子の父親、鳥居清太郎を裏切ることになったとしても。


何もかもが、思いがけないことであった。

十二年前、王都を襲った大災害ですべてを失くした七歳の慎太は、たまたま、知人の災害見舞いに王都を訪れていた清太郎に拾われたのだった。災害のあと、つかの間被災者を養ってくれた炊き出し場が次々に閉鎖されて、いよいよ食い詰めた慎太が、清太郎の荷物をひったくろうとしたのが縁になった。

薄暗い路地に隠れて、人が来るのを待っていた。標的が往来にひとりになったところを狙うつもりだった。やがて日が暮れて、目論見どおり、人気《ひとけ》のとだえた街路を、連れのない男がやってきた。それが清太郎だった。

乾坤一擲《けんこんいってき》、慎太は飛び出した。ところが間の悪いことだった。たまたま近くに見回りの巡査が居合わせたのである。清太郎が持っていた鞄に手をかけたばかりのところで、彼の叫び声を聞きつけた巡査が駆けつけた。慎太はあっという間に取り押さえられた。盗人《ぬすっと》と罵倒《ばとう》され、顔がゆがむほど殴りつけられた。叩きつけられたでこぼこの路面が頬を擦《す》り、皮膚《ひふ》を破った。

清太郎があわてて慎太をかばいだてしたのはそのときだった。巡査があまりに乱暴なので、びっくりしたのかもしれない。おかげでそれ以上殴られずにすんだが、そのぶん手荒く引きたてられた。巡査は涙が出そうなほどきつく慎太の腕をねじりあげた。慎太は怒りと、悔しさにやぶれかぶれになりながら歯を食いしばり、うつむいて顔と腕の痛みに耐えた。

もう何がどうなってもいいと思った。自分にはどうせ、これ以上失うものなど何もないのだ。ぼろきれのように引きずられて行きながら、慎太は自分がほんとうの襤褸《ぼろ》になったような気がしていた。

それなのに。

思いもかけず、あいたほうの腕をつかまれて、慎太は顔を上げた。ふて腐れた慎太の両目に、にこにこと笑う清太郎の顔が映った。

——こいつ、何がおかしいんだ。

気味が悪くなったが、精一杯虚勢を張って、清太郎を睨みつけた。

ところが奇妙なことに、清太郎は慎太の細い腕をけっして離そうとはしなかった。慎太の肘《ひじ》のあたりをしっかりとつかんだまま、清太郎は巡査に言ったのだった。

「じつは私は、何も盗《と》られてはおりません」

不審そうに眉をひそめた巡査に、清太郎はぺこりと頭を下げた。泥棒と叫んだのはじつに大袈裟《おおげさ》なことであったと恐縮しきりに謝った。おかしな成り行きに、巡査はなかなか納得しなかったが、清太郎があまりにしつこいので、しまいには馬鹿らしくなったのだろう。あきれて行ってしまった。

瓦礫《がれき》だらけの薄暮の往来に、清太郎と慎太だけがぽつんととり残された。

慎太はわけがわからずにおどおどしながら、そこに立っている男の顔色を盗み見た。さっきまで愛想の良い微笑みをたたえていた清太郎の唇は、そのときにはもう、極端なへの字の形にひん曲げられていた。

清太郎は慎太の視線に気がつくと、さきほどとはうって変わった固い表情を見せた。にこりともせずに近づいてきた。思わず身構えた慎太の前に、清太郎はやおらかがみこんだ。思わずあとずさった慎太の手のひらに、ぎゅっと何かが押しつけられた。

——何だ？

慎太はおそるおそるそこを見た。そしてぎょっとした。自分の手が、見たこともないほどたくさんの紙幣を握っていたからだ。

慎太は怖くなった。この男は堅気《かたぎ》の人間ではないのだと思った。人買いなのだろうか。それとも変質者か。

しかし、清太郎はひどく不格好な笑みを作ったあと、低い声で言ったのだった。

「これでなんとか踏みとどまれ。まだ、間に合う」

そのとたん、のどが詰まった。どうしてだかわからなかったが、すうっと足から力が抜けて、立っていられなくなった。慎太はその場にぺたりと座り込んだ。勝手にあふれだした涙がぽたぽたと膝にこぼれた。

何もかも消えてしまった。薄闇のなかをずっとさまよってきた。どうしたらいいのか、ぜんぜんわからなかった。清太郎はそんな慎太の目の前にさした一筋の光明だった。縋らずにはいられなかった。慎太は固く握った拳でごしごしと涙を拭った。顔を上げた。震える声を懸命に宥めながら、清太郎に頼んだ。

「お……お金、は、いりません。だから。どうか俺を、旦那さんのところで使ってください。俺、一生懸命、働きます。だから、どうか――」

これが、慎太が花鳥の料理人見習いとなった経緯である。

清太郎は慎太を伴って帰郷した。主人を出迎えた家人のなかに、慎太は初めて、峰子の姿を見た。とてもきれいな女の子だと思った。

お嬢さん。旦那さんの娘さん。これから仕えるべき、俺の主人。

清太郎と彼の家族は、慎太の希望になった。もう何のために生きているのかなどと、問う必要もなかった。

その、お嬢さんと別れたあの日。

力任せに鍋底を磨き上げながら、慎太は我知らず胸中にそのときの様子をよみがえらせていた。

婚約披露宴を数時間後にひかえた夕暮れどきだった。峰子は計画の実行を前に動揺する慎太に、にっこりと笑いかけてくれた。

「心配してくれているのね。うれしいわ、慎太。でもそんな顔しないで。わたし、きっとうまくやるから」


慎太は視線を上げた。深夜の調理場は暗く、海の底のように静まり返っていた。

なんだか不思議な気分だった。お嬢さんがいなくなっても、慎太の日常はあいかわらずこうして存在している。何でもなく続いていく。少なくとも、見かけ上は。

顔を上げるたび、調理場の出入り口に張りつけられた御札が、やたらと目についた。どの神様の威力をいただいたまじない札なのだろう。版が大きいうえに、むやみに派手なその御札は、まじない屋が帰りがけにそこに貼りつけていったものだった。なんでも、神隠しに遭った人間が戻るまじないだという触れ込みだったが、なぜそれが調理場に貼られているのかは、まったくの謎だった。

慎太には都合の悪いことに、失せ人を求めるその札は、始終視界に入り込んできた。おかげで、どんなに目の前の作業に没頭して気がかりを忘れようとしても、うまくいかなかった。目に立つ札がいちいちそれを思い出させる。不安は募っていくばかりである。

そうこうしているうちに、とうとう最後の鍋も磨き終えてしまった。慎太は他にすることを思いつけないまま、毒々しい色柄に吸い寄せられるようにして、まじない札の前に立った。大書きされた祈禱《きとう》文は意味ありげに崩されて、判読することができない。

しかし、その下に書きつけられた文字は、そのかぎりではなかった。どういうわけか、まじない屋の住所が記してある。

それは至って読みやすい仕様であった。

6

早朝。

慎太は、夜見坂金物店の店先に立っていた。いまが何時頃なのかはわからなかったが、朝霧にかすむ路上に、まだ人の姿は見られなかった。一本先の路地で、牛乳瓶のぶつかり合う音がする。硝子の触れ合う音が途中まで近づいてきて、また遠くなった。

慎太はしばらくの間、訪いをためらって、店の前を行ったり来たりしていた。金物店の硝子戸はピタリと閉じられて、白い目隠し布が引かれていた。

あのあと、居ても立ってもいられなくなった慎太は、夜の街を駆けるように歩いて、とうとうここまで来てしまったのだった。札を見つめているうちに、どうにもたまらなくなったのである。峰子の無事を確かめるために、何かをしないではいられなかった。

――でも、何を？

峰子の失踪の理由と経緯については知っていても、彼女の行き先を慎太は知らなかった。そのことが、いまになって不安でたまらなくなってきた。といって、それを誰に、どんなふうに相談すればいいのだろう。

慎太には、まじない屋の他に、頼る相手を思いつけなかった。

慎太はついに、決意を固めて硝子戸を叩いた。ただし、とても遠慮がちに。不時の訪問を憚りながらの、すこぶるひかえめなやり方だった。

にもかかわらず、びっくりするような早さで反応があった。戸を叩いてから、ほとんど間をおかずに目隠し布がとりはらわれ、続いて硝子戸が引き開けられたのである。思いがけない成り行きに、用件の言葉が間に合わず、しどろもどろになった慎太に、その少年はにこりと笑いかけた。

昨日、顔を見知ったばかりの、まじない屋の助手であった。かなりの早朝であるのにもかかわらず、すでにきちんと身支度をすませている。

料理人でもないのに、ずいぶん早起きな人だな、と慎太は思った。


炊き立ての飯と、味噌汁の匂いがたまらなく食欲を刺激した。

ちゃぶ台の上の三つの茶碗には、湯気の立ち上る白飯がたっぷりと盛りつけられており、汁椀に注がれた味噌汁には、短冊に刻んだ揚げと茄子が浮いて――は、おらず、やはり盛り上げられていた。かたわらの中鉢に茶色い小山をなしているのは、小魚の佃煮《つくだに》である。

突然訪ねてきた慎太を含めて三人で囲む、朝食の卓であった。家族慣れしていない千尋にとっては、近年類をみないにぎやかな食卓――に、なるかと思われたが、じっさいのところ、少しもにぎやかではなかった。客の慎太はうつむいたままひとことも声を発さず、夜見坂は黙々と飯椀と佃煮の鉢の間に箸を往復させているばかりだ。

千尋は思い余って、箸も取らず、味噌汁の湯気の向こうでしょんぼりとうなだれている慎太に話しかけた。

「ねえ、きみ。そうかしこまっていないで、食べながら話さないか。僕が作ったわけじゃないが、ずいぶんうまいよ。見かけばかりはちょっとあれだけど」

気を楽にさせるつもりが、慎太はかえって恐縮した。

「あの、ほんとに申し訳なかったです。こんなに朝早くに。朝飯まで用意してもらって」

消え入りそうな慎太の言葉に、口のなかを飯でいっぱいにした夜見坂が答えた。

「そんなこと気にしないでください。どうせお嬢さんの件が解決するまでは、いつでも出かけられる準備をしておくつもりでいたんです。だけどその前に慎太さんに会えたのは、ありがたかったな。お嬢さんのこと、話しに来てくださったんですよね？　昨日の様子じゃ、話を聞かせてもらうのはなかなか難しそうだと思っていたんですが、わざわざそちらから訪ねてきていただけるなんて、ほんとうに助かります」

慎太はうつむけた顔を強張らせた。

「あの俺、やっぱり……お嬢さんが生き血を搾り取られているかもしれないって聞いて。

もし、外国に売り飛ばされていたらどうしようとか、いろいろ考えだしたら……どうしてもじっとしていられなくなって」

「ああ……」

夜見坂がきまり悪そうに肩をすくめた。

「そこまで脅かすつもりじゃなかったんですけど」

慎太は首を振った。

「いえ、もともと俺自身が心配していたことだったんです。だけど、なるべく考えないようにしていました。お嬢さんがそれを望んだから。だけど俺、いまになってお嬢さんの行き先が気になって、ほんとにたまらなくなって……だからお嬢さんの行方を占ってみてもらえませんか。せめて、元気にされているかどうかだけでも。費用ならいくらかかっても構いません。きっとお支払いしますから」

「……ということは、きみは彼女の行き先を知らない。知っているのは、お嬢さんがどうやって邸から消えたかということだけ、そういうことなのかな」

千尋は、がっかりしながら慎太に確かめた。

「はい、そのとおりです。お嬢さんの家出は俺が手伝いました。婚約披露宴の夜にお嬢さんが家を抜け出すのを。お嬢さんの指示どおりに……俺があらかじめ、開かずの蔵のなかに、こっそり茶箱を運び込んでおきました。茶箱のなかには、替えの衣装——俺の仕事着と普段着を一揃《そろ》いずつ入れておきました。

　あの夜、お嬢さんはいったん蔵に隠れて、それから茶箱のなかの衣装に着替えて、通用口から抜け出したはずなんです。料理人のふりをして。わざと大勢の集まる日に姿を消して、神隠しに遭ったみたいに思わせる計画でした。あの蔵の鍵がいつの間にか壊れていることに気づいていたのは、お嬢さんと俺だけだったと思います。もともとあの蔵のあるあたりは皆から気味悪がられていて、普段から誰も近づかないから、計画に利用するにはうってつけの場所だったんです。じっさいに、たくさんいた客にも、使用人にも、誰にも見とがめられなかった。あの晩、そうやってお嬢さんは誰にも見つからずに、花鳥を抜け出したんです。計画はうまくいきました。皆、神隠しだって信じた」

「なるほど、それじゃあ、吉次さんは白衣姿のお嬢さんを、料理人の誰かだと思い込んで見逃したのか。たしかに、お嬢さんが料理人のなりをして家出するなんて、想像しろっていうほうが無理だな」

　千尋はため息をつきながらうなずいた。

「はい。吉次さんは疑わなかったと思います。一日のうちに、使用人は通用口を何度も出入りしますし、調理場の見習いのなかには、お嬢さんと同じくらいの背丈の者もおりますから」

「だけどきみ、どうして行き先くらい聞いておかなかったんだい？　いくらなんでも彼女にだってその程度の質問に答える義理はあっただろうに」

千尋の素朴な疑問に対する慎太の答えはしかし、拍子抜けするほど簡単だった。あたりまえのことを、わざわざ訊かれた人のようなけげん顔になって、慎太は言った。

「それは、お嬢さんがおっしゃらなかったから」

千尋は思わず箸を使う手を止めた。あっけにとられて。たったいまこの青年は、主人が言わないことを、あえて質す必要があるのかと千尋に問い返したのだ。

何という忠心。何という愚直さ。だから不謹慎ながら、千尋は思ってしまったのだった。

――ほんとに……犬みたいなやつだな。きみ。

きっと夜見坂も、自分と同じくこの青年の性格に、少なからぬ危惧《きぐ》を抱いたに違いない。千尋はとなりに座っている夜見坂のほうをちらと見遣った。

ところが千尋がそこに見出したのは、案に反して、まったき共感の表情を浮かべた少年の顔だった。夜見坂はきらきらと瞳を輝かせながら、慎太を見つめていた。そこにあるのは、紛うことなき賛同者の情熱である。夜見坂は持っていた茶碗と箸を卓に置いて、わざわざ慎太に向き直ってから、言った。

「わかります。その気持ち。つまり、あなたは、お嬢さんがどうしようもなく好きってわけなんだ。すばらしいな！」

夜見坂の大仰な賞賛の態度と、直截すぎる指摘に、気の毒な慎太は、耳まで赤くなってうつむいた。

朝食のあと、慎太はじきに店に戻ると言い出した。調理場の誰にもことわらずに出てきていたということもあり、いますぐ峰子の行方について何かがわかるというのでもない以上、長居をしていても仕方がなかったからである。

留守番の夜見坂を店に残して、千尋が慎太をバス停まで送っていった。出がけに、何かわかり次第すぐに報告する旨《むね》、夜見坂は慎太に確《しか》と請け合った。慎太は夜見坂の、何やら考えありげな態度に励まされて、わずかながらに元気を取り戻して花鳥に帰っていった。

――さて。

と、ふたたび金物店に戻った千尋は、内心で腕まくりをした。夜見坂がこれから何をするつもりなのかは皆目わからなかったが、何なら、いますぐにでもそれを手伝う心づもりだった。

ところが。

夜見坂は何もしなかった。正確に言うと、峰子探索に関わることを、何ひとつはじめようとはしなかった。何の説明もなく、したがって何をすることもなく、時間ばかりが刻々と過ぎていき、やがて昼になった。

昼飯が出たのでそれを食べた。お菜はハモの子と小芋を一緒に煮たやつだった。午前中に店のほうに三人、客が来た。火ばさみが一本と、バケツが一個と、押しピンがひと箱売れた。午後になり、時間はあいかわらず呑気に過ぎていった。

千尋はちゃぶ台に寄りかかって、夜見坂に借りた文庫本を読んでいた。それより他にすることがなかったからである。夜見坂は店に出たり、勝手のほうで作業をしたり、板床《いたどこ》を磨いたり、何かしら立ち働いていたが、千尋にはするべきことが何もなかった。

いや、そうではなかった。することがあるからこそ、千尋はここいるのだ。やるべきことはあるはずなのだ。それなのに、夜見坂に何を訴えても『ゆっくりしていてください』の一点張りで、いつまでもこうして放ったらかしにされているのは……。

――なぜなのだろう。

だいたい、夜見坂の行動からして、腑に落ちなかった。花鳥のお嬢さん捜しのことなど忘れてしまったかのように、ただふつうに生活している。慎太に『何もかも任せておいてください』と、気前よく請け合っていたにもかかわらずだ。占いはおろか、そのための道具を出してくる気配さえない。

部屋の柱にかかった時計の針が、カチリと音を立てて正時を指した。もう、四時である。

千尋はついにしびれを切らせた。文庫本を閉じて立ち上がった。

「ねえ、夜見坂君。僕はいつまでここでこうしていればいいんだ？　手伝うことがあるというのなら、早く言ってくれないか。どうにも手持ち無沙汰でかなわない」

流しで包丁を研《と》いでいた夜見坂が振り返った。

「せっかちだな、千尋さんは。待つべきときにできるのは、待つことだけですよ。そんなに退屈なら、昼寝でもしたらどうですか」

「あいにく、ちっとも眠くない」

「なら、店のおもてでも掃除してきてください」

はい、と箒《ほうき》と塵《ちり》取りを渡されて、千尋はそれを両手に受け取った。

ほんとうにすることがなかったので、そのまま外へ出た。


不本意なことに、放置状態はまる二日続いた。もっとも、人間はたいていのことに慣れていくものである。そのうちに退屈も気にならなくなった。というのも、ちょうど適当な用事を思い出したからである。

千尋は、家庭教師を請け負っている米本少年宅に二日連続で通った。おかげで退屈は紛れ、仕事は順調に進捗《しんちょく》した。

夕方からは夜見坂の手伝いをした。お嬢さん捜しの、ではなく、家事手伝いである。その結果、千尋はそれまで触ったこともなかった鰹節を、人並みに扱えるようになった。さすがにはじめて二日では、夜見坂がやるように上手に削ることはできなかったが、それにしても、はじめに比べれば格段の進歩である。なにしろ、鰹節に目があることすら知らなかったのである。最初のときは逆目に刃をあてて、節をぼろぼろにした。次にやったときは力の加減がわからず、厚さがまちまちになった。

家事の技術を教授するにあたって、夜見坂はじつに理想的な教師だった。まずは自分でやってみせる。そのあとで、言って聞かせて、やらせてみて、褒めてくれた。

かくして教えたり教えられたりして過ごしていた、三日目の夕方のことである。茶簞笥の上でけたたましく電話が鳴った。勝手で糠床をかき混ぜていた夜見坂は、手も洗わずに居間に上がってきて、受話器を取った。

夜見坂の話しぶりから、電話の相手は静だと察せられた。相づちと礼を繰り返す夜見坂の口調は、とても明るかった。さほど遠くもない場所で、お嬢さんが見つかったらしかった。千尋は読んでいた文庫本を卓上に置いて、夜見坂に合図を送った。尋ね人が見つかったのかと、身振りで訊いた。千尋の問いかけに気づいた夜見坂がにっこりと笑みを返してきたので、やはりうまくいったのだな、と合点した。

どうやら、のんびり待っていた間に、問題はすっかり片づいてしまったらしかった。結局、何も手伝わないあいだに、事は済んでしまったようなのである。いくらか肩透かしを食らったような気分になった。しかし、無事にお嬢さんを見つけることができたという申し分のない結果に、けちをつけるつもりはさらさらなかった。文句なしに喜ばしいことである。あれほど娘の行方を案じていた両親の喜びようは、どれほどのものだろう。

千尋はしごく満ちたりた気分で、親娘《おやこ》再会の場面を想像した。非常に幸福な景色である。これで心おきなく下宿に帰れるというものだ。千尋はそこで初めて、朝夕の食事の面倒を見てもらっている、下宿の家主のことを思い出した。今日で無断外泊も三日目だ。いかに放任下宿の主人とはいえ、さすがに不審に思いはじめている頃だろう。

そんな具合に、すっかり自宅に引きあげるつもりになっている千尋を、ようやく通話を終えた夜見坂が振り返った。千尋は幸福な気持ちで、事件解決が宣言されるのを待った。

ところが、夜見坂の口から出てきたのは、まったく予想外の言葉であった。

「さあ千尋さん、お待ちかねの出番ですよ。さっそく仕上げにかかりましょう。料理店令嬢神隠し事件、いよいよ大詰めです」

どういうわけか、事件はいまだ継続中であるらしかった。

翌日の午後、千尋は夜見坂と並んで、ふたたび峰子の両親と対座していた。

さっそく花鳥を訪れたのはもちろん、峰子の帰還が間近に迫っていることを、彼らに告げるためである。

「それでは、娘は三日のうちに家に戻ると？　それは……確かなのか！」

話を聞いた清太郎は、ほとんど飛びかからんばかりの勢いで、膝を乗りだしてきた。千尋はその勢いに大いに気圧《けお》されながら、どうにか表面だけは冷静を装って答えを返した。

「はい、間違いなく。しかるべき儀式はすでに済ませました。間もなく近隣の神社のいずれかを通路として、異界からお戻りになられるはずです」

一言一句、夜見坂に教えられたとおりのセリフだった。乗りかかった──ではなく、知らない間に乗せられてしまった船から降りるに降りられず、またしてもにわかまじない屋を演じさせられている千尋であった。

慣れない芝居に内心で冷や汗をかきながら、千尋は先を続けた。

「ただし、条件があります」

「条件？　何でも言ってくれ。娘が無事に帰ってくるなら、どんなことでもする」

「では、風月のご子息との縁組を、きれいさっぱりご破算にしてください。そして、むこう七年、ご息女は独り身を通されますように」

千尋の要求を聞いたとたん、峰子の母親が背にした柱にくったりともたれかかった。どうやらめまいを起こしたものらしかった。主人が声を震わせた。

「そ、そんな無茶な。娘を尼にでもしろというのか」

「そうではありません。ただ、また同じことが起こらないようにするためには、そうする必要があると申し上げているだけです。今回、ご息女は悪神の嫉妬《しっと》を受けて隠されたのです。かの神の悪意を避けるためには、思いきった荒療治が必要です」

「しかし、それでは、峰子は婚期を──」

「七年後、ご息女はまだ二十五歳です。見合いの適時からは外れるかもしれませんが、結婚が不可能という年齢ではありません。それまで好きなことをして過ごされるのも、それほど悪いことではないでしょう。勉強家のご息女のことです、案外、楽しく過ごされるのではないでしょうか」

「しかし、そのときになって……二十五にもなって、今回以上の良縁に巡り合えると誰に保証できる？」

――まったくだ。

千尋は内心で冷や汗を流し続けながら、しかし能《あた》うかぎりの重々しい口調で、正直な気持ちとはまるで裏腹な言葉を返した。

「その点でしたら、私が一切を保証いたします。時機が至ればご息女は必ず、しかるべき良縁に恵まれることになるでしょう。占いにもちゃんとそのようにでておりますから、ご安心ください」

「だが……」

清太郎は悄然《しょうぜん》として、妻を振り返った。

「あの子を取り戻せるのなら……」

房子はいまにも泣きださんばかりの顔つきで、夫ににじり寄った。

「……ねえ、あなた？」

「そうだな。こうなったからには、風月の主人には、どうにか他のことで埋め合わせをさせてもらうよりほか、仕方がない。わかった。このさい、あの良縁のことはきっぱりと諦めて、破談を申し入れよう。相手方には私が誠意のかぎりを尽くして謝罪する。じつに心苦しいが、事情が事情だ、先方も否とは言うまい」

ふたりでうなずきあい、あらためて居住まいを正した鳥居夫妻は、千尋に向きなおると、深々と頭を下げた。

「条件は承知いたしました。娘のことを、どうぞよろしくお頼み申します」

夫妻の返事に、千尋と夜見坂もそろって深く、頭を下げた。

――とりあえず、この場はこれで片づいた。

どうにか仕事をやり終えたという安堵《あんど》感に、千尋は背中の冷や汗を、ようやく止めることができた。

それにしても、『先生』というのは、思いもかけず、たいへんな仕事であった。はったりを言い、必要とあれば知らないことであっても平気で知っているふりができるようでなければ、とても務まる役目とは思えない。千尋は今度のことで、世にある『先生』諸氏の苦しい舞台裏を垣間見たような気がした。

7

長らく行方知れずになっていた鳥居峰子が発見されたのは、その翌日の、明け方のことであった。毎朝の社参りを日課にしている老婦人が、御曽《おぞ》神社の境内《けいだい》に放心したようにたたずんでいる娘――峰子を見つけたものである。失踪した夜に身に着けていたのと同じ、宝尽くしの振り袖姿であった。

老婦人の通報によって、さっそく人が呼び集められた。峰子はそのまま、近くの医院にかつぎ込まれた。老医師の診察の結果、ほどなく娘の健康が確認された。行方知れずになっていたあいだの記憶だけは欠けていたものの、外傷も心理的な痛手もなく、彼女はじきに元気を取り戻した。やがて、はっきりとした口調で、自身の身元を明かした。

以上は峰子が発見されたその日のうちに一帯に配布された、号外が報じたところである。さて、記事の続きはこうである。

――ただ奇妙なることあり。女の命ともいうべき黒髪の、その根方からざっくりと切り取られたること、見るも無残な散切《ざんぎ》り頭……、と、このようなありさまで、彼女は帰還したのであるが、一連の報道によって有名料理店のひとり娘の身の上に降りかかった神隠し事件の顚末《てんまつ》を知った人々は、あきらかにされた事実のこのくだりに、そろって震え上がった。

一同、悪神が命の身《み》の代《しろ》として、娘の髪を奪い去ったと信じたからである。

峰子を捜しあぐねていた警察は、これを世にも不思議な『本物の神隠し事件』として処理、事件はなしくずし的に解決をみた。ことの真相を承知している静だけは、当然受け取ってしかるべき報奨《ほうしょう》を逃してしきりに残念がったが、峰子のしあわせのために、潔く口をつぐんだ。ことの詳細をわざわざおもてに出す理由も、必要もなかったからである。

はじめから犯罪とは少しもかかわりのない、変事であった。

「今日はとてもいいものがありますよ。さっき、峰子さんにいただいたんです」

その日、夜見坂が食後の卓上に持ち出してきたのは、青竹を器《うつわ》にした水ようかんであった。

「慎太さんの御手製ですって。峰子さんにつき合って、ひとつ味見しましたけど、他にはちょっとない美味でした。名前がまた、すてきなんですよ。『涼月《りょうげつ》』だなんて、ずいぶん風流だな」

いつものように家庭教師の用を済ませたあと、金物店に寄って二度目の昼食を済ませたところだった。千尋は、夜見坂に勧められるままに、ちゃぶ台の上に置かれた盆をのぞき込んだ。瑞々しい若竹の器を清らかな葡萄《ぶどう》色で満たす、見た目にも涼しげな菓子が並んでいる。生地のなかほどに白い円――白玉らしきものが浮かんでいた。なるほど、ちょうど夏の夜空に昇った月のようである。七月の異称を名に負う菓子にふさわしい、風雅な趣向であった。

「峰子さん、午前中にあいさつに見えたんです。千尋さんにもよろしくって。すごく楽しそうに近況を報告していかれましたよ」

匙《さじ》を差し出しながら夜見坂が言った。

「そうか。彼女もすっかりいつもどおりの生活に戻ったんだね。しかし、あのときはほんとうにたいへんだったね――」

千尋は、しみじみと息をつきながら『あのとき』のことを思った。

「きみと外国人町まで出向いていって、彼女を説得して、連れ戻して。それからまた花鳥に出かけていって、彼女のご両親から破談承諾の言質《げんち》を取って――そこからがまた、ひと仕事だった」

「ええ、慎太さんに蔵から持ち出してきてもらったあの振り袖を、また峰子さんに着込んでもらって、彼女を荷車に隠して、誰にも見つからないように、隣町の神社に運んで――」

「はあ、車を引いていくのもたいへんだったが、気疲れして参ったよ。いま思い出すだけでもくたびれる」

「そういえば千尋さん、あのとき、やけにびくびくしていましたね。当の峰子さんは縁談が流れたうえに、結婚までの猶予《ゆうよ》期間を手に入れられるとあって、始終上機嫌だったのに」

「いや、もし人に見とがめられでもしたら、これまでの計画がぜんぶ台無しになると思うとね。気が気じゃなかった。しかし、彼女の行動力には心底驚嘆したよ。なにしろ失踪していた間、ずっと外国人の邸宅で、住み込みの使用人として働いていたっていうんだから」

「しかも少年として、です」

「ほんとうに。髪を切って出奔したのには、そういう事情もあったんだね。捜すほうは髪の長い女性だと思い込んでいたから、なかなか彼女に気づけなかった。

　きみは、初日に花鳥で得た手がかりから、峰子さんの行動を推測して、彼女の行き先に見当をつけた。そしてすぐに、静さんに外国人の邸宅をしらみつぶしに探索するように依頼したんだね。電話を借りて」

「そうです。彼女が隠れているのが予想された場所は、外国人町と素貝《そかい》町。なかでも、栄語を話す外国人の居住する邸宅。そこに、最近新しく雇い入れられた地元の少年がいないかどうかを、静さんに調べてもらったんです」

「はたして彼は――いや、彼女はそこにいた。三日後にかかってきた静さんからの電話がその返事だった」

「峰子さん、栄語を教わっている牧師夫人のまわりで交わされる会話から、仕事先になりそうな家に目星をつけて、片っ端からあたってみたそうです。あらかじめ下働きを探している外国人家庭を選び出しておいてから、少年になりすまして、そこのお邸に使用人として雇ってくれるように何通も手紙を出して、自分を売り込んだんだとか。

静さんが峰子さんを見つけたとき、ほんとうの男の子みたいに見えたそうですよ。住み込みの使用人として栄国人貿易商のお邸にちゃっかりもぐりこんで、使い走りをしたり、家財道具や植木の手入れをしながら、ふつうに生活していたそうです」

「まったく、思いもかけないことだったな。自活しながら家出する娘さんがいるなんて、考えもしなかったよ。峰子さんはたいした女性だな、ほんとうに。それにしても、紹介状もなしに外国人家庭の使用人になるなんて、いったいどうやったんだろう」

「とにかく愛想よくしたり、悲しい経歴をでっちあげて同情を買って、身元はうやむやにしたそうです。峰子さんがそう言ってました。あと、栄語ができたから、雇い主の側で、ずいぶん品定めが甘くなったって」

「へえ！」

千尋は感嘆の声をあげた。

「きみの言ったとおりだった。恋する娘さんは何だってやってのけるんだな。しかしそこまでやるんなら、正直にご両親に自分の気持ちを打ち明けてみてもよかったんじゃないかな」

「それはだめですよ」

夜見坂が、ふたつめの『涼月』に手をのばしながら言った。

「縁談っていうのは、だめなやつより、いいやつをぶち壊しにするほうがよっぽど難しいんですから。たとえば、条件的に申し分ないうえに、十八年以上も前から約束されている盤石《ばんじゃく》の縁談とか。ふつうにこれを断ったりしたら、間違いなく善意の人たちを逆上させることになったでしょうね。なにしろ、難癖をつける余地がぜんぜんないんですから。

こうなると、破談の申し出は相手方の人間を怒らせるばかりか、身内の名誉までもを傷つける暴挙です。ましてやそれが慎太さんへの想いのせいだとばれでもしたら、彼もただではすまなかったはずです。慎太さんは恩人のお嬢さんをたぶらかした恩知らずの烙印《らくいん》を押されたうえ、花鳥を追放されることはまず、免《まぬが》れえなかったでしょうね」

「つまり、慎太君に恋する峰子さんにとっては、進むも地獄、退《ひ》くも地獄だったというわけか」

「そのとおりです」

夜見坂はうなずいた。

「自分も含めて誰にも責任を取らせたくない、傷つけたくない――となれば、神様のせいにでもするよりほかありません。むかしから神様への責任転嫁は、困った人間の常套《じょうとう》手段です。神隠しに遭ったことにして、逃げるのが最善だと思ったんでしょう。彼女なりに」

「それで、あんな無茶な家出を？」

千尋はありえないといわんばかりに首を振ったが、夜見坂は千尋の意見に与《くみ》しなかった。

「ぜんぜん無茶なんかじゃありませんよ。それどころか、彼女の周到さに、おれは感動しました。きちんと職を探してから家出するなんて、生活者の鑑《かがみ》です。確かな経済基盤の上に立脚した恋ほど頼もしいものはありません」

「頼もしい恋か……」

「そうです、ロマンスですよ。さっき聞いたところでは彼女、外での生活が軌道に乗ったら、慎太さんに求婚するつもりでいたらしいんです。なんでも、初見のときから彼に好意を持たれていたそうですよ。その想いは年毎《としごと》に募って――ええと、彼女が六歳のときからだから、十二年越しの片想いですか。

彼女は一途な片恋を続けたあげくに、ついにすべてを投げ捨てて、好きな人だけを求めたんです。それもすこぶる実際的なやり方で」

夜見坂の力のこもった言いように、千尋は苦笑した。

「とはいえ、こうなるともう、ロマンスと言っていいのかどうかわからないよ。

ところで峰子さんは、慎太君に求婚を断られる可能性は考えなかったのかな。なにしろ、彼は忠実な下僕としての役割に徹していたみたいだったから。犬でいることに満足している相手に、はたして彼女の思惑が通じたかどうか」

「伏姫《ふせひめ》さんは犬に添いましたよ。あの場合、求婚したのは、犬のほうでしたけど」

「あれは物語だろう？　それに相愛といったふうでもなかったよ。確か」

「それこそ建前ってものです。さすがにふたりの結婚を真っ向から描写するのはまずいじゃないですか。相手が犬なだけに。だけど、物語は往々にして実世界の暗喩《あんゆ》として語られるものです。あれは間違いなく、身分違いの恋の成就を物語る逸話です。

なんなら、峰子さんがこれからあの犬みたいな人を、頑張って人間らしく改造したって構わないんだ。時間もたっぷりあることだし。なにせ、彼女は結婚について、七年の猶予を与えられているんですからね」

「しかし、そううまくいくものかな」

水ようかんをせっせと口に運びながら気安く結論づけた夜見坂の顔を、千尋は疑わしそうに見た。どうもこの少年のする物語の解釈には、妙な偏向があるらしいぞ、と、心中ひそかに怪しみながら。

慎太の手製だという水ようかんは、たいへんに出来が良かった。腰のある冷たい生地が口のなかではかなく崩れて、舌の上にすっきりとした甘味を残した。口中に残る、青竹の香りが何ともいえず、すがすがしい。

勝手のほうで風鈴がリン、とかすかな音をたてた。

「そうだ。千尋さんに渡しておくものがあったんだ」

風鈴の音色が、夜見坂に何事かを思い出させたようだった。そそくさとちゃぶ台の前から離れた夜見坂は、茶簞笥の引き出しから封筒を一枚取り出した。

それを、すっと千尋の前に押し出した。

夜見坂の変に改まった態度を怪しみながらも、一応、封筒のなかをあらためてみると、百円札が一枚入っていた。

千尋は顔を上げた。受け取る心当たりのない金銭について目顔で質すと、至って簡潔な答えが返ってきた。

「今回の仕事の礼金です。花鳥のご主人から二百円いただきました。だから、半分の百円は千尋さんが取ってください。いろいろ協力してもらって、とても助かりました」

丁寧にお辞儀をした夜見坂に、そんなつもりのなかった千尋はすぐに封筒を押し返した。

「いいよ。僕はただきみと並んで座っていただけなんだから」

「そうですか？　でも、お金はやっぱり取ってください。正当な報酬です。なんだかんだで額に限らず、たくさん汗をかいてもらったし。

それより千尋さん、ぜひまた、おれに雇われてくれませんか。仕事内容は至って単純、ちっとも難しくなんてありませんから。おれの先生を名乗って、ただとなりにいてくれるだけでいいんです。千尋さんみたいな外見の人っていうのは、ほんとうに便利なんだ。千尋さん、自分じゃわからないでしょうけど、それ、なかなかすごい才能ですよ。何をするわけでもないのに、初対面の人にまで断然信用されるんだもの」

夜見坂はにこりと千尋に笑いかけた。

一瞬、夏だというのに寒気がした。

ちょうどそのとき、店のほうでガラガラと硝子戸の開く音がした。客が来たらしい。夜見坂はひとまず不穏な話題を切り上げて、いそいそと立ち上がった。

「いらっしゃい」

おもてで夜見坂の明るい声がする。若い店主のあいさつに加勢するように、また風鈴が鳴った。今度は元気よく。

チリン、チリン、チリン。

真冬の水のように透き通った、それはいかにも潔い音色であった。

反魂香

1

引き出しにしまっておいたはずの小刀が、消えていた。

常盤葉月《ときわはづき》はそれを、鉛筆を削る用に使っていた。ことさら大事にしていたわけではなかったが、手になじんだ道具である。いざ見えなくなると、行方が気にかかった。

書き物机の前に突っ立ったまま、最近の記憶をさらってみた。が、やはり心当たりがない。使った覚えはもちろん、他所《よそ》に移した覚えもなかった。

ともあれ、ないものは仕方がない。諦めて、引き出しを閉めた。

失《な》くした小刀は、兄、伊吹《いぶき》のおさがりだった。といっても、特にせがんで譲ってもらったというのではなかった。うっかり自分の小刀を学校に置き忘れた日、たまたま休暇で帰省していた伊吹に借りたものが、それきりになっていた。

返さなくてもいいぞ――と、ひょいと手渡された。それからほどなくして、兄は武官学校を卒《お》えて少尉に任官し、最初の任地に赴《おもむ》いた。あのときの、兄の表情。声。小刀を差し出した伊吹が、それを元待町《もとまち》の金物《かなもの》屋で買い求めたと言っていたこと――。

不意打ちのように古い記憶がよみがえった。一瞬の灯火《とうか》によって脳裏に照らし出された過去は、気味が悪くなるほど鮮明だった。いまはどこにも存在していないはずの時間。にもかかわらず、眼前に押し寄せた幻影は、手を触れられそうなほどにありありとしていた。長らく忘却の淵《ふち》に沈んでいた記憶とは思えなかった。

もとより、過ぎた時間を振り返る習慣を持たない葉月である。むかしを思い出して感傷に浸る趣味など、露《つゆ》ほども持ち合わせてはいなかった。それなのに、どうしたことだろう。葉月は自分で自分を怪しんだ。どうやら何かを失くすという経験は、それが些細《ささい》なものであれ、人の心にくさぐさ影響を及ぼすものらしかった。

葉月は書き物机の前に腰をおろした。あの日、兄がそうしていたように。

記憶のなかの伊吹はまだ、学生の姿をしていた。葉月自身は生意気らしい初等学校生で、手渡された小刀を片手に持ったまま、腑《ふ》に落ちない兄の言葉に首をかしげていた。

――兄さんはなぜ、この小刀を、僕の知らない店で求めたのだろう。

小刀が入り用なら、同じ町内に大きな文房具屋があるではないか。それなのに、わざわざ他所の町まで出かけていくなんて、おかしな兄さんだと思った。

元待町はありきたりの商店と住宅があるばかりの、何ということもない街だった。兄がしげしげ足を運んだ寄席《よせ》や古本屋があるわけでもなく、通っている学校がある土地でもない。何の必要があってか、そんな場所で買い物をしたという兄に、詮索屋の弟は、不平めいた違和感を抱いたのだった。

当時、兄べったりだった葉月は、伊吹のそんな些細な行動までを、いちいち気にしていたのである。しかしいま考えてみれば、べつに不審がるようなことではなかった。何か、あたりについでがあって、立ち寄りでもしたのだろう。どんな習慣の持ち主であれ、いつも決まった行動をとるとは限らない。

じっさいその日、葉月がかつての兄同様、元待町を訪ねるつもりになったのは、常にもない気まぐれ、ほんの思いつきだった。別段、同じ型の小刀に執着しているつもりもなかった。思い出に浸るなどという柄にもないことをしたついでに、いつもと違った行動をとってみたまでである。葉月は下駄をつっかけて、外に出た。

とたんに、陽射《ひざ》しの強さに目がくらんだ。

しゃわしゃわと鳴きたてる油蟬《あぶらぜみ》を鈴なりにさせた柿の木が、前庭にまだらな影を落としていた。まだ昼までにはたっぷりと間があるというのに、肌にまとわりつく空気は、炉《ろ》の前に立っているかのように熱い。あたり一面に散乱する光が、夏空を白くかすませていた。

元待町まではけっこうな距離があったが、散歩がてらに歩くことにした。南北に流れる港《みなと》川に沿ってのびる土手の道を歩いていけば、二時間ほどでたどり着けるはずだった。

突き刺さるような陽射しを半袖の腕に受けながら、乾いた土の道をてくてくと歩いた。

それからいくらもしないうちに後悔した。もっとよく考えてから行動するべきだった。何も、炎暑のなかを歩いてくることなどなかったのだ。バスに乗ってもよかったのだし、もう少し陽が陰るまで待ってもよかった。だからといって、いまさら引き返す気にもなれず、葉月は残り一時間半ほどの道のりを、意地になって歩き続けた。

銭湯の並びにあると聞いていた金物店は、簡単に見つかった。しかし、予想以上の暑さのせいで、店に着く頃にはすっかり汗みずくになっていた。葉月はあご先に流れ落ちてきた汗を手の甲で拭《ぬぐ》いながら、金物店の硝子《ガラス》戸を引き開けた。

風鈴の音《ね》が響いた。涼しい音色と、ひんやりとした日陰の薄暗さに、それまで身体《からだ》にまとわりついていた不快な暑気《しょき》が、潮の引くように消えていった。

後ろ手に硝子戸を閉めた。うるさい蟬の鳴き声が、たちまち遠くなった。

人気《ひとけ》のない店内は、ひっそりと静まりかえっていた。奥の暗がりに、銀色の光がぼんやりと浮かんでいる。大小形もさまざまな、刃物だ。硝子扉のついた棚のなかに行儀よく並んでいる。冷たく研《と》ぎ澄まされた、鋼《はがね》の刃《やいば》。

とたんに、そこから目が離せなくなった。不穏な、しかし、逃れようもなく強力な何かが、葉月の意識をその場所に釘づけにしていた。

あたたかくやわらかな肌の上をすべる薄氷の刃。紙よりも薄く、しなやかに鍛えられた金属。手もなく肉に沈み込む。やがて皮膚《ひふ》の表面にあらわれるかすかな刃の軌跡。糸のように細い傷口をたどって色が滲《にじ》み出す。赤。見る間に線上で珠《たま》を結んでいく。南天《なんてん》の実に似た、滴《しずく》の連なり。地面に落ちて、つぶれて、濡れた花弁を散らす。不吉な花模様が次々に重なって——やがて葉月の視界一面を、真っ赤に覆い尽くした。

ぞくりと背筋が震えた。不快な寒さを感じたとたん、すっと気が遠くなった。

——ああ、まただ。

葉月は目を閉じた。たったいままでそこにあった現実が、水に滲んだ絵のように、あやふやになっていく。何もかもが恐ろしい速さで遠ざかり、葉月はたちまちこの世の部外者になる。暑さも寒さも感じない。身体中の器官のスイッチが、片っ端から切れていく。『なか』がどんどん虚《うつ》ろになっていく。じきに、自分の肉体を実感できなくなった。

これは錯覚なのだろうか。目がくらむような不安に耐えながら、葉月はぼんやりと考えた。この先に起こることを、自分は知っている。間もなく、何もかもが動きを止めてしまうのだ。そこにはときの流れも、息の気配も、鼓動の音も——何もない。

「いらっしゃい」

空白化した意識に、声は唐突に踏み込んできた。とたんに、感覚《おぼ》が——現実が戻った。目を開けて、ゆっくりと首をめぐらせた。すぐ近くに、店番と思しき少年が立っていた。

「きみ、いつからそこにいたんだ?」

「ずっといましたよ。お客さんが気づかなかっただけで」

硝子越しの夏の風光を背景にして、少年はにっこりと微笑《ほほえ》んだ。その姿は、嫌な汗にまみれた葉月の目に、ずいぶん涼しげに映った。じっさい、彼は汗ひとつかいていなかった。この場所が、外よりだいぶしのぎやすいことは事実だったが、そんな事情を差し引いても、妙に浮世離れした感じのする少年だった。

しかし、当然のことながら、彼は葉月の幻想の産物などではなかった。

硝子戸を通して小さく聞こえていた蟬の声が、ふと途切れた。下駄履きの足もとにひんやりとした湿気がまとわりついている。雑貨店や道具屋に特有の、ほこりっぽい匂い。紛うことなき現実のなかに立つ彼は、くっきりとした生身の人間の輪郭《りんかく》を保っていた。

「それより大丈夫ですか。いま、魂と身体が盛大に分離しかかっていたみたいですけど」

じつに奇妙な言いぐさだった。店員が買い物客にかける言葉らしくもなかった。

葉月は顔をしかめた。いかにもさきほどの少年の発言が、気に障《さわ》ったといわんばかりに。しかし、ほんとうはそうではなかった。雑貨屋の店先で無防備にぼんやりしてしまった自分が恥ずかしかったのである。とてもきまりが悪かった。

葉月は武家の子弟として、いつ何時も隙《すき》なく心身を保つように教育されてきた身の上だった。にもかかわらず、みっともない姿をさらしてしまった。ひと月後に武官学校入学を控えて、我知らず気が緩んでしまっていたのだろうか。それでなくても最近、ふとした拍子に、白昼夢めいた幻想にとらわれることが頻繁《ひんぱん》になっていた。ちょうどさっきのように。

それにしてもおかしな少年だった。

——魂だなんて、子供のくせに、やけに迷信深いことを言い出したものだ。

葉月はあきれて苦笑した。あらためて店のなかを見まわした。手跡も達者な張り紙が目に入った。『占い、まじない、憑《つ》き物落とし承《うけたまわ》ります』とある。なるほどと思った。

金物屋にまじないとは、よほど突飛な組み合わせであるように思えたが、この国では、まじない屋というものが、まだまだありふれて存在しているらしいのである。七十年前の開国からこちら、急速に流入した新しい知識や思想が神仏、妖怪の威力をそぎ落としていくばかりの世の中である。しかしそれでも、いまだに知人の誰それがまじない屋に厄祓《やくばら》いをしてもらったとか、『病気治し』に来てもらっただとかいう話を、思い出したように耳にするのである。大方、ここの家にも、その手のごまかしを生業《なりわい》としている年寄りがいるのに違いなかった。そのような家の子供が、多少迷信深くなったとして、何の不思議があるだろう。そういった諸々《もろもろ》が、信じるに足るものかどうかは別にして。

葉月はまじないや怪奇のたぐいを信じない。そういうものは、ペテン師や似非《えせ》宗教家の騙《かた》る虚言だと思っている。心弱き人の気休めにはなるのだろうが、日々精神修養に励んでいる自分には、必要も縁もないものだ。大事なのは、日毎《ひごと》の実際的な訓練によって培《つちか》われる精神力だと思う。心身がしっかりしていれば、怪しげな作り話に縋《すが》ったり、まやかしに心を惑わされることもない。武家の人間は、軽佻浮薄《けいちょうふはく》な庶民とは違うのだから。

そういうわけで葉月は、少年の時代錯誤的な発言を聞かなかったことにした。

「小刀を買いに来たんだ。どういうわけか、それまで使っていたものが、どこにも見当らなくなってしまってね。大方、どこかに置き忘れているのだろうけど」

言いながら、心の底ではやはり納得しかねていた。しばらく触れてはいなかったにせよ、習慣に従って、きちんと書き物机の引き出しにしまってあったはずなのだ。そこからどこにも持ち出した覚えがないのだから、失くす理由がない。それなのに、今朝になって使おうとしたら跡形もなく消えていた。もしあの小刀の消失に理由があるのだとしたら――。

そこまで考えて、葉月は浮かびかけた考えを即座に打ち消した。あらぬ方向に転がっていきかけた思考を、あわてて手もとに引き戻した。

――物がどうにかなることと、その持ち主の運命が、関係していたりするはずがないじゃないか。

「ああ、それでしたら――」

少年は、葉月の要望に気軽に応じて、壁際の棚に歩み寄った。たくさん積み上げてある紙箱のなかから、迷いもなくひとつを抜き出した。

葉月は差し出された箱のなかをのぞき込んだ。てっきり同型の小刀がたくさん詰め込まれているものとばかり思っていたら、そうではなかった。なるほど箱のなかに並んでいるのはどれも小刀には違いなかったが、ひとつひとつ、形も大きさも違っていた。

「どれでも手に取って、相性のいいのを選んでください。もし、使い心地をお試しになりたければ、こちらへどうぞ。何か削るものを用意しますから」

「いや、それには及ばないよ」

葉月はほとんど何も考えずに、箱のなかからひとつを選び出した。

「これでいい。どれだって鉛筆を削れれば、文句はないんだから」

「お客さんは、持ち物にあまり思い入れを持たない方なんですね」

少年は箱を抱えたまま、わずかに首を傾けた。

「だけどそれじゃあ、ちょっとつまらないな。長く大切に使った物は、持ち主を好きになります。そうなると、主人のほうでも大事にするようになりますし、道具のほうでもよく尽くしてくれます。それって、お互いにとって、とてもしあわせなことです。あなたが誠実でさえあれば、忠実にあなたの一生によく、よりそってくれる。その点、物って、下手《へた》な人間なんかよりもよほど信頼できる相手です。だからぜひ、お気に入ったのを選んでください。もしこれというのがこのなかになければ、無理にはお勧めしませんから」

やはりあたりまえの店員とはまるで異なる言いぐさだった。

葉月はまじまじと少年の顔を見た。ばかばかしい話だと思った。たかが小刀である。ちょっとしたものを切ったり削ったりすることができれば、何でもよかった。使用者の役に立つことだけが、道具の存在意義だ。物というのは元来そういうものではないのか。それを、物が使い手を好きになるなどとは、いかにも迷信家の子弟らしいことを言う。それともこれは、さらに高価な品物を売りつけるための前口上なのだろうか。

少年の本意を怪しみながら、葉月はひととき、皮肉のひとつも投げてやりたいような意地の悪い気持ちになった。が、口を開きかけたところで気が変わった。

がらりと話題を変えた。

「きみ、ここの家の子かい？」

少年は落ち着いた口調で、葉月の言葉を訂正した。

「ここの家の子じゃなくて、ここの店主です」

――店主？

葉月はあらためて少年の容姿を見直した。十七歳の自分と比較しても、あきらかに年少らしい風体である。下町の小店とはいえ、店主を名乗らせておくには、いかにも心許《こころもと》ない感じがした。

――つまり本来の店主は不在で、留守番をしているということか。

とりあえずありそうな結論にたどり着いて、葉月は勝手に納得した。

箱を元の場所に片づけながら、少年が言った。

「鉛筆削りが入り用なんだから、お客さんのほうは学生さんかな。いまは夏休みですか？」

「ですね」

「まあ、そのようなものだな」

「そのようなもの？　じゃあ、お客さんはありきたりの学生さんってわけじゃじゃないん

問われて、葉月は少しとまどった。

自分のことを人に話すのはあまり好きではなかった。とくに、それが自慢話ととられかねない場合には。しかし、葉月の身の上に興味を持ったらしい少年の、何の屈託も感じさせない素直な問いかけは、思いがけず葉月に正直な返事をさせた。

「僕が中学生だったのはひと月ほど前までだよ。武官試験に及第したんだ。だから、秋からは王都で武官学校生だ。夏の休暇が終わるでは自宅で過ごすが、じつのところ何もやることがなくてね。仕様がないから何をするでもなく、呑気《のんき》いっぽうで暮らしている」

葉月はひかえめに、しかしそれなりの矜持《きょうじ》をもって自身の身分を明かした。

武官試験は、中央官吏《かんり》を選抜する文官試験に並ぶ難試験である。学生の数に比しても、ほんの一部の人間にしか門戸を開放していない、文字どおりの狭き門である。中学校への進学率さえけっして高いとはいえないこの国では、武官学校はたいていの人間には手を触れることさえもかなわない、高等教育機関のひとつだった。それというのも、この種の学校は、ただ試験を受けることにすら、一定の資格を要求したからである。

武官学校に学籍を置くことができるのは、開治《かいじ》の改新以前からの武家の出身者か、そう

でなければ下級学校で折り紙をつけられた選《え》り抜きの秀才と相場が決まっていた。そのため、卒業生は言うまでもなく、『武官学校生』という肩書きにさえ、世の人々は敬意を払った。いわんや、同世代の少年ともなると、その程度ははなはだしかった。葉月のような立場にある少年は、彼らの露骨《ろこつ》な羨望《せんぼう》か嫉妬《しっと》の視線の的になるのがふつうだったのである。

とはいえ、常に人の尊敬を集めてきたのは文官学校の出身者のほうで、武官学校出身者――軍人が社会的な名誉を回復したのは、ここ十年ほどの話である。先の戦争が終わったあとの数年間は、軍人にとっては冬の時代だった。莫大な戦費と兵員を費やしたにもかかわらず、領土、賠償《ばいしょう》金、権益などに期待ほどの成果を得ることのできなかった軍部は、ひどく国民に憎まれた。当然、軍人に対する風当たりも強かった。軍費は容赦《ようしゃ》なく削減され、武門は多くの失職者を出した。新政府発足以来の武人の不遇時代だったといわれている。

ところがその後、西の大陸諸国で続いていた大戦が終息し、戦争景気が落ち着いたあたりから風向きが変わった。好景気が続いていたあいだは、自由だ権利だと浮かれるばかりだった世間に、暗い不況の影がさしはじめたためである。

変化はまず、輸出業の不振からはじまった。大戦に参加していた国々が順次経済活動に復帰していくにつれ、国内の輸出産業は、急速に業績を悪化させていった。その痛手は連鎖的に他の産業にも波及し、国の財政はしだいに逼迫《ひっぱく》していった。

にもかかわらず、政府が手をつけた経済政策は少しもうまくいかなかった。あいつぐ失策に善後策さえ講ずることができないでいる文官たちを尻目に、軍部が列強諸国のやり方にならって強行した資源調達政策——他国で起こったもめごとに『軍事介入』をすることによって、経済的利権を確保しようとする計画——が破産寸前だった国の財政再建に奏功した。それが、軍部の権威復興の足がかりになったものである。頼りになるのはやはり軍事力だという認識が、ふたたび国民のあいだに浸透していった。

かくして軍部は、経済的苦境を打開した実力者として、順当に失地回復を果たしたのである。勇ましい進軍。戦闘。開拓。宗主国に容赦なく資源を収奪されている憐《あわ》れな被迫害民を救済しつつ、本国に富をもたらす王の軍隊のイメージは、いまや多くの国民に、頼もしさと期待感をもって、すこぶる好意的に受け入れられていた。

戦争は国を富ませる。貧しい庶民の子弟に兵員という職を提供し、親兄弟を助ける機会を与えもする。もともと滅私奉公の思想は武人の精神的支柱だった。生命を賭《と》して国と家を守るという尊い職務を与えられたことを、葉月自身も誇りにしていた。

ところがこの少年は、葉月の肩書きを聞いても尊敬のまなざしを向けるどころか、驚いたそぶりさえ見せなかった。感心するでもなく、といって、負けを惜しんで斜に構えた態度に出るでもなく、いかにもつかみどころのないつるりとした口調で訊いた。

「そうすると、お客さんは、ご自分の境遇に、まったく疑問をお持ちじゃないんですか?」

訊《たず》ねられた葉月は、しばらく返事ができなかった。初めて接する、しかも、思いがけない反応だったからである。それまで誰にもそんな問いを投げかけられたことがなかった。当然、解釈に苦しんだ。少年の質問の意味がわからなかったのである。

それなのに不思議なことだった。葉月は我知らず、苦い顔をしていた。いきなりやってきた他人に、無遠慮に私室をのぞき込まれでもしたような、嫌な気分になっていた。

つまるところ、少年のささやかな問いは葉月の心に、小さな棘《とげ》となって突き立ったのである。棘傷《とげきず》は些細で、見た目にはほとんどわからない。にもかかわらず、確かに感じる痛みが、それを完全にないものとして無視することを許さない。

原因不明の不快感が、葉月に少年の質問を聞き捨てにさせた。

葉月は小刀を差し出した。素っ気なく言った。

「これにするよ」

少年は、くだんの質問に取りあおうとしない葉月にそれ以上しつこくするでもなく、黙って品物を受け取った。それからたたんであった刃を開いて、つかの間、すこぶる真剣なまなざしをそこに注いだ。

そんな少年のふるまいを、葉月はけげんに思った。刃のゆがみでも見ているのだろうか。

やがて少年は、何やら納得した様子で、ぱちんと刃を閉じた。それから包装もせずに、それを葉月のズボンのポケットにするりとすべり込ませた。まるでつかの間借りていた道具を、もとの持ち主に返すような、気軽な動作だった。

あいかわらず、ふつう並みの店員の態度とは違っていた。売り子としては、ずいぶん図々《ずうずう》しいやり方だ。思わず不満顔になった葉月に、少年は平然と笑いかけた。それから、木戸銭を求める受付係さながらの、気安い調子で、品物の代金を請求した。

「五十銭いただきます。もしも商品に何か不都合がありましたら、いつでもご連絡くださ い。いらっしゃるのがお手間でしたら、電話でどうぞ」

少年が告げた小刀の代価は、高くも安くもなかった。葉月は黙って尻ポケットから財布を抜き出した。白銅貨を一枚取って、少年の手のひらに置いた。

店を出て、少し行きかけたところで、葉月はたったいま、出てきたばかりの建物を振り返った。何か、忘れ物でもしたような、妙な気持ちになったのだ。

こぢんまりとした雑貨屋の屋根に、『夜見坂《よみさか》金物店』と大書きされた、ブリキ看板が掲げられていた。貧弱な店構えにはなはだ不釣り合いなことながら、この商店には電話が引かれているらしかった。看板の隅《すみ》に黒々とした筆文字で書き記された数字はおそらく、その呼び出し番号だと思われた。

2

蜜《みつ》の甘さにかすかな苦味をひそませた、青草の香り。

蓮《はす》の花の香を彷彿《ほうふつ》とさせる淡い煙の匂いが、路地の入り口にまで漂い出てきていた。自宅に近づいていくにつれて次第に強くなるその匂いに、葉月は顔をしかめた。

狭い前庭を抱えた小家が建ち並ぶこの界隈《かいわい》には、開治の改新以降、軍人と肩書きを変えた旧士族が多く居住していた。二年前から大陸で新たに戦争がはじまったこともあって、この町で、他所より香の匂いが鼻につきがちなのは仕方がないとしても、最近、自宅で焚《た》かれるこの香の匂いには、いいかげんにうんざりさせられていた。ここ数週間の間、常盤家の仏間ではほとんど絶え間なく、この香が焚かれているのである。

香の匂いは、いつも葉月に暗い座敷を想像させた。陰気な匂いだ。それでなくても煙の匂いは弔《とむら》いを思い起こさせる。喪《も》の匂いは家内、家財道具にとどまらず、葉月自身にまでしみついて、離れない。おかげでどこに行くにも、死者の気配を連れて歩くことになった。正直なところ、閉口せずにはいられなかった。

葉月はあいもかわらず強い陽射しを投げかけてくる太陽に背中をあぶられながら、香の匂いを垂れ流しにしている自宅の門をくぐった。のろのろと歩みを進めた。そのうちに敷石ごと足が地中に沈んでいくような、奇妙な錯覚にとらわれた。

——またか。

葉月は目を細めた。香の匂いに毒されたものか、暑気にあてられたものか、どうにも足もとがおぼつかない——と、思ったところで、すっとまわりの景色が遠くなった。ついで、周囲と自分とを隔てる輪郭が、溶けるようにあいまいになるのを感じた。

葉月はつとめて目の前の事物に——木々や、家の壁や、自分の足音に意識を集中して、気を遠くする力に抗った。

それはいくぶん、眠気に似ていた。が、眠りにつきものの穏やかさをまったく欠いた、横柄な力だった。ときを選ばずあらわれて、強引に葉月をねじ伏せようとする。

葉月は軽く頭を振って不快な幻覚を追い払った。憂鬱《ゆううつ》な気分で玄関の戸を引き開けた。

家に入ってすぐに帰宅を告げたが、誰も応《こた》えなかった。廊下も、その突き当たりにある勝手も、しんと静まり返っている。今日も母は、手伝いの千代《ちよ》をつれて、どこかに出かけているらしい。よほどあわてて出たものか、それともかえってぼんやりしていたのか、奥の座敷の襖《ふすま》が、少し開いたままになっていた。母らしくもないことだった。

葉月は床に上がって、座敷の敷居の前に立った。開きっぱなしになっていた襖を閉めるつもりだったのだが、そこでふと、視線を感じたような気がして、顔を上げた。

ちょうど、座敷の長押《なげし》の上に並んだ写真額が目に入った。額に収まっているのは、『旧士族』という語句をそっくりそのまま擬人化したような人々の肖像だった。

いかめしい様子で額縁のなかに収まっている彼らは言うまでもなく、みな故人である。左端から、祖父、父、叔父の順で並んでいる。そしていちばん右の端にかかっているのが、今年の春に中央大陸で亡くなったばかりの、葉月より十歳年長の兄、伊吹の遺影だった。

軍服姿で固く唇を結び、生真面目《きまじめ》なまなざしをまっすぐにこちらに向けている祖父たちとは違って、兄の写真の口許には、うっすらとした笑みが浮かんでいる。じっさいにはただ、写真機のレンズを見ているだけのはずなのに、葉月はその写真を目にするたびに、まるで現実の兄に笑いかけられているかのような、不思議な錯覚にとらわれた。さながら生きてそこにいるかのような親しげな表情が、葉月を落ち着かなくさせるのだった。

葉月はそっと座敷に足を踏み入れた。仏壇の前に敷かれた座布団に歩み寄り、座った。

生前の祖母の定位置だった場所である。祖母はすっかり白くなった頭髪を切り下げ髪にして、どんなに暑い日にも、のど元近くできっちりと着物の前を合わせていた。作法、しつけにかけては、兄とふたりながらに通っていた私塾の先生にも負けないほど厳しい人で、兄にも、葉月にも、ことあるごとに訓示を垂れたものだった。

たとえば、葉月が中学に上がったときにも、お決まりの説教を忘れなかった。

「葉月殿。肩書きばかりは学生とはいえ、いずれはおまえさまも軍人のひとりとして、重い任につくことになります。常盤家の名を汚さぬよう、お国のご恩に報い、立派に王様の御役に立てるよう、勤めを果たす日までは必ず、よくよく精進して身を慎《つつし》まねばなりませんよ」

すべてがこんな調子だった。もっとも、わざわざ念を押されるまでもなく、葉月にとって忠義報恩は骨身に染みついた絶対的な価値だった。

葉月は燈明《とうみょう》をともして、鈴《りん》を鳴らした。香炉にだけは火を入れず、折り目正しく礼拝した。仏壇の前に、白い折り紙が供えられていた。中身は、武官学校の入学許可証である。自宅に届いたその日のうちに、母が手ずから仏前に報告したものである。

常盤家において、一族の男子が軍職につくことは、疑問の余地もない道理だった。葉月の武官学校進学についても同様である。なるほど誉むべき慶事《けいじ》には違いなかったが、同時に、他にありようのない道筋でもあった。ちょうど、時間の経過が、子供を順当に大人に変えていくのに似て。だから葉月は軍人になり、いずれ国のために命を捧げることをまったく特別なこととは思っていなかった。常盤家の男子は、むかしからずっとそんなふうに生きて、死んできたからである。

開治の改新が成ってからおおよそ半世紀の後《のち》、立て続けに起こった二度の戦争で、まずは祖父、それから次の戦《いくさ》で、父と、下の叔父が戦死した。先の戦に従軍した父が、北の大陸で命を落としたのは十六年前、ちょうど葉月が一歳になった年のことだった。

　当然ながら、葉月に当時の思い出はまったくない。軍務で不在がちだった彼を父として記憶するには、葉月はまだ幼すぎた。だから父の死について、葉月はむかしもいまも、何の感慨も持ってはいない。それどころか、父という人物を、血肉を備えた人間として想像することすらできなかった。父親とはいえ、記憶のなかに面影すら残していかなかった人を悼《いた》むことは難しかった。

　しかし、兄のときはずいぶん事情が違っていた。兄とはとても親しい間柄だった。たぶん、ありふれた兄弟以上に。それなのに、大陸の占領地に駐屯《ちゅうとん》していた兄の事故死の報せ《しらせ》を訊いたとき――そのときも、葉月はやはり、何も感じなかった。

　戦地にありながらどうして兄は戦死ではなく、事故死したのだろうという疑問がちらりと頭をかすめただけだった。自分で自分がけげんに思えるほど、平静だった。報せを受け取った当日も、その翌日も、いつもと同じように授業を受けて、友人と話をした。

　ただし、していることにも、目の前に見えていることにも、まるで現実感がなかった。

　もっとも、兄の死を境にしてそんなふうになったわけではなかった。兄の訃報《ふほう》に接するずっと以前から、葉月の感情は虚ろだった。兄の死は、それをいくらか増長させたに過ぎない。ともあれ、数日のあいだは空虚の感覚が普段よりひどくなった。

まるで、素人芝居《しろうと》に参加しているような気分だったのを覚えている。数えきれないほどの人間が参加している、壮大なお芝居。自分はそこに役者のひとりとして参加しているのだ。ここは舞台。だとすれば、現実味がないのは当然かもしれない。

葉月はときどき幕の陰から暗い観客席をのぞき見た。この世界は架空の物語だ。自分はその物語を演ずる役者にすぎない。だから何があっても傷つかないのだ。きっと。

木石漢《ぼくせきかん》――であるつもりはなかったが、親しかった兄の死に対して、葉月の感情はまるで石のように無反応だった。

いつからそんなふうになったのだろう。自らの過去を検分してみても、どうにもはっきりしなかった。気がつくと、そうなっていたのである。

中学にあがる前までの葉月は、ちょっとしたことですぐにめそめそと泣いたり、むきになったりする子供だった。我ながら、そんな子供の頃の自分が信じられないほどの変わりようである。齢《とし》をとって神経が鈍くなったものだろうか。忙しく活動している最中でさえ、ふと自分がすでにこの世の者ではないような、奇妙な感じにとらわれることもあった。

とはいえ、それしきの違和感が生活に支障をもたらすものではなかった。学生として必要なことはふつうに考えられたし、学科や教練の課題もちゃんとこなせた。とりたてて不便を感じることもない。だから、放っておいた。別段自分の変化に頓着《とんちゃく》することもなく、感情に厚い膜がかかったような生活をいまも続けている。

が、かえってそのほうが都合がよいというくらいのものだった。

自分はいずれ戦で死ぬ。武門に生まれた以上、遅かれ早かれ誰もが通る道なのだ。

中央大陸の事変を発端としてはじまった今度の戦争は、二年たっても一向に片づく気配がなく、戦線は拡大していく一方だと聞いていた。

おまけに、各国の利害が交錯しているのは、ただ中央大陸に限ったことではなかった。近頃では、南大陸での利権を巡って、東の大国との衝突はいずれ避けられまいとのもっぱらの噂《うわさ》である。命を役立てる日は案外、すぐ近くに迫っているのかもしれなかった。

明正《めいしょう》十五年。開治の改新から、おおよそ七十年のときが過ぎようとしていた。

開国、次いで起こった国家体制の大転換は、この国に急速な近代化をもたらした。

かつて、長きにわたって軍事貴族に支配されてきた国のあり方に転機を与えたのは、突如、王都上空にあらわれた一艘《そう》の飛行船だった。

外国との交易に極端な制限を設けていたこの小国に、貿易の全面解禁を求めて交渉に訪れた、東の大国の使者を乗せた船――巨大な飛行船は、悠々と、すこぶるつきの威厳を携えて王都の空を航行したそうだが、望まざる客の訪問を受けた側としては、それを呑気に見物しているというわけにはいかなかった。なにしろ、相手は空を飛んでいるのである。

そのこと自体が、じゅうぶんな恫喝《どうかつ》になった。両国の力の差は、歴然としていた。

かくて、長きにわたって、閉じた世界で安逸をむさぼってきた旧政権は、ついにその終末を宣告されたのである。それまで存在すら想定していなかった異国の脅威に、ごまかしようもない危機に、首脳部が騒然となったのは、まったく無理もないことであった。

が、それで何ができるというわけでもなかった。当時の国防システムはじつにお粗末なもので、打てる手などはじめからなかったからである。軍事貴族が統べる国とはいえ、そもそもが、内乱の抑制のみを目的として設計された社会機構だったのだから、それもまた、いたしかたのないことであった。

太刀打《たちう》ちのしようもない高度な技術力を目《ま》の当たりにし、経済力をまざまざと見せつけられ、さらには無知につけ込まれてほぞをかむという経験をしたあげく、政府は急速に西洋化の方向に舵《かじ》を切った。以後、恐ろしい速さで制度、習慣、思想、はては日用品のたぐいに至るまで、旧体制に属するあらゆるものが駆逐《くちく》されていった。とにもかくにも、国力増強の必要に迫られたためである。貧しい小国に対してかの国が突きつけてきた国交の条件は、屈辱的なものだった。ようするに、大国に足もとを見られて散々情けない思いをした悔しさと怒りが、急激な近代化に向けて、強力な推進力として作用したのである。

刷新の嵐のなかで、ある者は没落し、ある者は成り上がった。そして、野心を抱く誰もが、あらためて次の言葉を胸に刻んだ。

力は正義である。

成り上がったのはほぼ例外なく、いち早く大国の思想に共鳴し、その力を利用した、あるいは利用を許した勢力だった。新政府は、もはや体裁を繕おうともしなかった。各地で起こった反乱を、当の異国人から買いこんだ銃器の力で抑えつけて、改革を断行した。後に開治の改新と呼ばれるようになった歴史的事件である。

かくして旧勢力を抑えつけた新政府は、自分たちに屈辱を強いた強国のそれを手本にして、法を整備した。税制が細部にわたって見直され、国策として産業が興《おこ》され、組織の合理化が図られた。これまで土地の諸侯《しょこう》を通して間接的に王に仕えていた士族は、王家の直属の将兵として再編された。

とはいえ、すべての武門が王の将官――職業軍人に転身を果たせたわけではなかった。既存の武人に残らず官職を与えて常用するには、あまりにも数が多すぎたからである。数百年続いた旧体制は、士族階級に実用性を欠いた膨大な人口を抱えていた。当然の成り行きとして、士族として禄《ろく》を食《は》んでいた家門のうち、かなりのものが没落することになった。

軍の要職は、旧軍事貴族出身者、あるいは武官学校卒業者に占められ、兵卒は時局の必要に応じて、全国民から広く徴発されることになった。国家法の名のもとに、有事には誰かれの区別なく臨時の兵員として召し上げられるのである。

常盤家は、いましも軍の中枢《ちゅうすう》で采配をふるっている軍事貴族の名門、武雷《たけいかずち》家ゆかりの家門であった。もちろん末端に属する一門の、そのまた分家のひとつにすぎない小家ではあるが、新体制以前から長く王に仕えてきた一族の子弟として、求められる職務に殉《じゅん》じる覚悟はとうにできていた。国家は一日の用のために十年兵を養う。体制が変わっても、古くからの武門に生まれ育った葉月は、一般の人間とは違う。嘆きとも、恐れとも、いずれ縁を持ってはならないものだった。


玄関で戸の引き開けられる音がした。母が帰宅したらしかった。

物音はやがて廊下を通って、勝手のほうに移動していった。手伝いの千代が、母に何やら訊ねる声がする。母の低い声がそれに答えていたが、内容までは聞き取れなかった。

普段から、めったなことでは外出をしない母だった。日々の買い物などは、どこの家でも手伝いに任せているのがふつうなので、もとより女主人はしげしげ外歩きをしたりするものではないが、それでもこの頃は折につけ、気ままな外出にいそしむ婦人も多くなった。

しかし、母はそうではなかった。こんなふうにしばしば家をあけるなど、以前の母からは考えられないことだった。以前というのは、まだ兄が生きていた頃のことである。

母、勢津《せつ》は、武家の女性の手本とでもいうべき諸々に、ひたすら忠実な人物だった。

だから、兄の死の報せを受けたときも、形だけ行われた葬儀の最中も、涙ひとつ見せなかった。しゃんと背筋を伸ばして、おもてには涼やかな微笑さえ浮かべて、訪れる弔問客《ちょうもんきゃく》に丁寧に対応した。

葉月はいまだ、勢津が泣いたり取り乱したりしたところを見たことがない。もっとも、武家の女性に限って言えば、それはめずらしくもないことで、常盤本家の婦人たちにしても、やはり人前で私的な感情をあらわにすることはなかった。各々の性分によって、厳格だったり温和だったりの違いこそあれ、見苦しい感情は、皆、一様に普段の顔つきの下にきちんとたたみこんで、けっして表には出さない。武家の人間は、いついかなるときも、節度を失ってはならない——そのために、常盤家の家内は、兄の死後も至って平穏だった。以前と何が変わるということもなく、日常は平らかに、規則正しく続いた。

だからはじめのうちは、母の変化にも気がつかなかった。母の度重なる外出を、葉月がようやく怪しみはじめたのは、ここ数日のことである。

何気なく、千代に訊ねたのがきっかけだった。べつに何がしかの疑いをもってそうしたわけではなかった。あの日、千代は汚れ物を取りに来たのだったか、手紙を届けに来たのだったか。ともかく、何かの用事で彼女が部屋にやってきたとき、最近の母の外出について触れた。ふと思い立って、そうした。ただそれだけのことだった。

用が済んで階段を下りかけた千代を、ちょうど切りよく片づいた書き物の手を置いて、呼び止めた。

「ねえ、千代。この頃、母はどこへ出かけているの」

葉月のほうではいたって気軽に訊ねたものを、訊ねられた千代はあからさまにあわてるそぶりを見せた。

「さあ、存じあげません」

「そんなはずはないだろう？　いつもお供についていくんだから」

そこで千代はだんまりになった。唇を固く閉ざしたまま、うつむいて、石地蔵のようになってしまった。そのあとは、何を訊いても口をきかない。まったくらちがあかなかった。

「もういいよ、お行き」

口止めされていることを察して、葉月は千代を解放した。しかしこうなると、ますます勢津の挙動を気にせずにはいられなくなった。

葉月がついに母親の行動を探偵するつもりになったのは、こんなやりとりがあったあとのことである。尾行を実行に移す機会は、それから何日もしないうちにやってきた。

その日、勢津はいつもと同じに、外出の支度を済ませたあと、千代を連れて家を出た。階下にからりと響いた引き戸の音を合図にして、葉月は二階の窓から庭先をのぞき込んだ。門を出た母と千代が進んでいく方向を確認したうえで、自分もすぐに外へ出た。

門を抜け、路上に足を踏み出したところで、ちょうど千代の後ろ姿が脇道に消えた。見失わないように、しかし、勘づかれないように、葉月は急いだり立ちどまったりしながら、慎重にふたりのあとを追った。裏路地の日陰のなかを小さな雲のように移動していく母の白い日傘が、追跡のよい目じるしになった。

ほどなくして行きついたのは、細い通りに面した、いかにも利用者の少なそうなバス停だった。ただし、人目をさえぎる立木すらない素通しの場所である。それ以上近づくわけにもいかず、手近な遮蔽物《しゃへい》の陰に身を隠して遠目に様子を見ているうちに、バスがやってきた。葉月は通りの向こうから射す陽の光を手庇《てびさし》で避けながら、バスの前面に掲げられた行き先の文字を読んだ。終点、山野宮《やまのみや》町とある。

しかしさて、このあとバスに乗ったふたりをどうやって追いかけたものかと思案をめぐらせているうちに、バスが停車し、扉が開いた。千代が、先にステップを上がった。

ところが、勢津はその場を動かなかった。ステップの前に立ったまま手をのべて、千代に小さな紙包みを渡しただけだった。

——何をしているんだろう。乗らないのか？

不審に思ったところで、バスの扉が閉じられ、同時に葉月の思考も打ち切りになった。千代を乗せたバスが走りだすのも待たずに、勢津がこちらを振り返ったからである。

葉月はぎょっとした。あわてて身を隠していた築地塀《ついじべい》の奥に引き退《さ》がった。

さいわい、勢津が葉月に気づいた様子はなかった。そのままためらいもなく、別の方向に歩きはじめた。真剣なまなざしを前方に固定したまま、わき目もふらずに歩を進める勢津は、葉月が身を隠している路地に、さらに一瞥《いちべつ》をくれることもなかった。

どうやら、母は小遣いをやったうえで、千代を追い払ったものらしかった。手伝いと一緒に家を出てきたのは、ひとえに近所の人目を憚《はばか》ってのことだったらしく、母の実際の目的地が山野宮町でないことは、もはやあきらかだった。なるほど、母のような立場の婦人が供も連れずに外出をするのは、ふつうではなかった。ふつうではない——つまりは、露見すると厄介な何事かにかかわっている、ということだ。

今度はずいぶん歩いた。

しかし、勢津の足取りは少しも鈍らなかった。そのうちに市街を出て、田んぼや畑の続く田舎道にさしかかった。人家はとうに途絶えて、草深い細道ばかりが延々と続いた。

小道の先は、こんもりと茂った木々に厚く覆われた、山の裾《すそ》に消えていた。

彼方《かなた》に古びた鳥居が見えた。風雨にさらされてなお、人工的な朱の色を保った門構えが、濃い山の緑を背景にして、はっきりと見分けられた。依然、歩調を緩めようともしない母の目あては、その鳥居——おそらくはその先にある社《やしろ》にあるのだろうと見当をつけた。

葉月は脇道に逸れて、先回りをすることにした。

鳥居の向こう側に足を踏み入れたとたん、冷たい指先で襟足《えりあし》に触れられたような気がして、葉月は思わず背後を振り返った。夏だというのにひととき寒さを感じたのは、山の気のせいだろうか。むきだしになった腕が、うっすらと粟立《あわだ》っていた。

山の木々がつくる影は濃く、湿っぽかった。夏の暑さも山の精気を憚ったものか、日向の世界に引き退がり、木陰はずいぶんひんやりとしていた。

葉月は、重なり合う青葉の落とす緑の陰の下をくぐり、厚く堆積した朽ち葉を踏んで歩いた。足もとは緩い上り坂になっていた。濡れた土の匂いが鼻につく。やがて青みを帯びた薄暗がりのなかに、第二の鳥居があらわれた。

古い社だった。湿気に毒されたものか、はじめの鳥居よりも傷《いた》みがひどい。社自体も朽ちて傾き、屋根は破れて、ひどいさびれようだった。

葉月は足で下草を払いながら、社殿の横手に回った。そこにのびた傾斜のきつい山道をさらに登っていく。社の背後は崖になっていて、その上から見張っていれば、じきにやってくる母の様子を、当人に気づかれることなく監視できるだろうと考えたのである。

崖の上に出た。葉月は試しに、あたり一面を覆う草叢《くさむら》の底に腹ばいになって、そっと下をのぞき込んでみた。案の定、そこから境内《けいだい》全体が見渡せた。

ほどなく、鳥居の向こうに人の姿があらわれた。参道を登ってきた勢津だった。ずいぶん気味の悪い場所だというのに、怖がるそぶりも見せず、まっすぐこちらに進んでくる。

やがて参道を登りきった勢津は、拝殿の前に立った。柏手《かしわで》を打った。打ち合わせた手の響きが、意外なほどの大きさで一帯に響きわたった。

その残響が、降るような蟬《せみ》の声に紛れて消えたときであった。

葉月は思わず、あっと声をあげそうになった。拝殿の扉が、きしみをあげて開け放たれたからである。その上、なかから黒いかたまりがぬっと乗り出してきた。

真っ黒な男であった。が、それは断じて神、幽鬼のたぐいではなかった。確固とした理性を保った葉月の目にもはっきりと見えているのが、なによりの証拠だった。

──あれは、生きた人間だ。

男は、行者《ぎょうじゃ》のなりをしていた。みすぼらしい墨染《すみぞ》めの衣を身に着けている。編み笠を被っているせいで、人相は確かめられなかったが、そのことはさしあたり、問題ではなかった。

母は手提《さ》げから取り出した紙包みを行者に差し出した。千代に渡したものとは比べ物にならない厚さの──察するところ、それはけっこうな額の金であるように思われた。

行者は紙包みの中身を改めもせずに、そのまま懐《ふところ》にしまいこむと、入れ違いにそこから取り出した小壺《つぼ》を勢津に手渡した。

どう考えても、まともとは思えない会合だった。あの聡明な母が、何の理由があってあのような怪しげな男にかかわっているのか、見当もつかなかった。葉月はいますぐ出て行って理由を問い質《ただ》したいという衝動に駆られ──すんでのところでそれを思いとどまった。

このさい、男の正体を見極めてやろうと考えたからである。

母が社を去ったあと、葉月は草叢のなかで静かに身を起こした。そして、里には下《くだ》らず、山の斜面を駆け上がるようにして去っていく行者のあとを追った。

正確にときを刻む秒針の音にじっと耳をすませながら、葉月はなかなか寝つけずにいた。時刻は午後十時をわずかにまわったところだった。枕辺につけた読書灯の光が目に突き刺さるのが不快で、葉月は暗いほうに顔を向けた。

気分がくさくさした。いつもなら気にもとめない、戸外に響く虫の鳴き声にまで、苛々《いらいら》させられた。

行者は常人離れした身体能力の持ち主だった。羽根こそついていなかったものの、さながら天狗《てんぐ》のような身軽さで、急な斜面を難なく駆け上った。その一方で、葉月は回り道を行くしか仕様がなかった。加えて慣れない山道ということもあり、葉月は男の姿を、山の暗がりのなかに、たちまち見失ってしまった。

自分の見通しの甘さや、不首尾に腹を立ててみたところで、いまさらどうしようもない。

——こんなことなら、あの場ですぐに取り押さえておけばよかった。

いまになって口惜しがっても、あとの祭りである。

どんな事情があるのかはわからなかったが、母はあの行者に騙《だま》されているとしか思えなかった。信じられない——というよりは、信じたくなかった。母に限って、あんなふうに軽率な行動をとるなんて。

ふつう、人があの手の職能者を頼るのは、邪神に祈願しようとするときである。邪神信仰はいうまでもなく、迷信である。世間ではけっして廃《すた》れることのない古い信仰には違いなかったが、そういうものを信心する人間の愚《おろ》かさを、葉月は内心で軽蔑《けいべつ》していた。

さらに言うなら、この世には、神も仏もないと思う。あるのはただ、物質的な力の優劣だけだ。人間の世界を支配している法則なり理《ことわり》なりがあるとすれば、それきりなのではないだろうか。

――まったく、どうかしている。

それにしても母は、素性も知れぬ神に何を願ったのだろう。武官学校入学をひかえた葉月の行く末についてか。常盤家の誉《ほま》れがよく保たれることか。それとも武家の女性らしく、王家や国家の安泰か。しかし、どれも違うような気がした。そもそもが堂々と人に言えない願いだからこそ、あんなふうにこそこそしているのだ。それでなくても邪神に乞《こ》う望みだ。いずれまともなものであるはずがない。まともでないものに、邪《よこしま》な祈願を立てようとした。その愚かさに母はつけ込まれたのだ。大方あの男は、ペテン師のたぐいに決まっている。いままでに母は何度あの男に会い、金を渡したのか。

考えるだけで腹が立った。

――さあ、どうしたものか。

ひどく気がかりな、しかし当座、解決のあてもない案じ事をうっかり抱え込んでしまった葉月は、苛立ちをもてあまして、また寝返りをうった。

かすかな鈴の音《ね》を聞いたような気がして、葉月はふと意識を取り戻した。

腹立ちのあまり眠れずにいたはずが、いつの間にか寝入ってしまっていたらしい。

あたりはすでに、深い夜の気配に包まれていた。

葉月はしばらく寝床に横になったまま、動かずにいた。そのうちにふたたび遠くなりはじめた意識の片隅で、夢うつつに鳴り続ける鈴の音色を聞いていた。

奇妙なことにその音は、自宅の門のあたりから聞こえてくるようだった。

はかない響きに、やがて人の足音が重なった。どこかしら、懐かしい感じのする足音だと思った。だんだん近づいてくる。止まった。音が途切れたのは、前庭のあたりだ。

突然、大きな物音が起こった。

それではっきりと目が覚めた。物音は階下で響いた。こちらはあきらかに家のなかで起こった音だ。ばたばたと廊下を走る、人の足音。

枕元に置いた目覚まし時計の、針は午前二時すぎを指していた。

真夜中だ。こんな時間に、騒々しく廊下を駆ける音を耳にするという異常に、葉月の身体は即座に反応した。

布団を払って廊下に出た。用心深く階段を下りていきながら、考えた。

——いまのは手伝いの千代か。母に何ごとか言いつけられた？　まさか。こんな夜中に？　だとしたらあれは……強盗か。

階段の底には黒い潮のような闇が澱《よど》んでいた。

一足ごとに階下の様子を探りながら、とうとう廊下の床に足裏をつけたとき、葉月はそこに思いがけないものを見出して肝《きも》を冷やした。

人影だった。玄関戸の格子越しに射す、月の光のなかに立っている。女性だ。しかし、彼女は千代ではなかった。

母——勢津を、妖物のたぐいと見間違えたわけではなかった。ただ、彼女の周囲をとりまく尋常ならざる気配が、葉月をぞっとさせたのだった。

ともあれ、葉月は声を低めて、母の後ろ姿に声をかけた。

「何をされているんですか、母さん。こんな夜中に」

人影が振り向いた。明かりも持たずに寝間着姿で呆然としていた勢津は、階段下の暗がりのなかに葉月の姿を見分けると、見たこともないような奇妙な表情で訊いた。

「葉月さん、あなたにも聞こえたのですね」

「何の話ですか」

母親の言うことにまるで心当たりのない葉月は、露骨に顔をしかめながら訊き返した。

「いま、伊吹さんの声がしたでしょう。ただいま戻りましたって。いま、そこに。兄さんが帰ってきたんですよ」

母は玄関先を指差した。葉月は思わず母親の顔を見直した。母はごく真面目な顔をして、葉月の前に立っていた。しかし。

兄が戻ってくるはずがない。

――これは何の冗談だ。

母の言動と、既知の事実との不気味な齟齬《そご》を目の当たりにして、思わず口調が強くなった。

「母さん、しっかりしてください。兄さんは……」

「そう、あの子は死にました」

意外なことに、そうつぶやいた勢津の目の色は正常そのものだった。しかし薄闇のなかにぼんやりと浮かび上がった母の立ち姿は、やはりふつうではなかった。凄《すご》みのある陰影が白いおもてにうかびあがった。のどからしぼり出されるように発せられた声は、女のものとは思えないほど低く響いた。

「なぜ？　あの子はこの国のために……万国の平和と秩序を保つために、死んだのに。どうして遺骨が返されないのでしょう。遺品さえ戻ってこないのはどうしてなんです？」

淋しい微笑を浮かべる勢津は、見知らぬ人のように見えた。じっさい、それは葉月のよく知っている母の姿とはかけ離れたものだった。第一、普段の勢津はこんなふうに節操もなく私的な感情を口にしたりはしない。どうして父が、夫が、息子が死ななければならなかったのか。それは武家の人間がけっして口にしてはならない種類の問いだった。

3

――あれは夢だったのか。

翌朝、朝食の膳についた葉月は、危うく昨晩の記憶を疑いそうになった。膳の上には湯気をたてる味噌《みそ》汁と香のものが、いつもと同じに支度されていた。勝手に漂う灰や炭の匂い。炊きあがったばかりの白飯のたてる湯気。そこで忙しく立ち働く千代の姿も態度も、やがて部屋から出てきた勢津の様子も、普段の朝と少しも変わらなかった。

目の前にある日常。いつもと同じ、見慣れた光景だ。ひそかに確かめた勢津の横顔にも、昨夜の異様の名残《なごり》は見受けられなかった。

――きっと、あのときは悪い夢を見ていただけだ。僕も、母も。

葉月は手もとに視線を戻し、茶碗に盛られた飯を頬張《ほおば》った。

膳を囲んで、母と千代との三人での朝食を済ませたあと、葉月は胸にわだかまった疑惑を口にすることもなく、おとなしく自室に引き下がった。

結局、家内にひっそりと抱え込まれた不穏な秘密には、誰も手を触れずに済まされた。

今朝のところは。

昼になった。

葉月は畳の上に横になって、暑苦しい蟬の声を聞いていた。開かれた本はずいぶん前から内容を読み取られることもなく、ただの日除けになって葉月の顔の上に乗っていた。

気を紛らわせるために読書をはじめたものの、さっぱり集中できなかった。頭のなかが濁って、考えがまとまらない。どうしても気が晴れなかった。

理由ははっきりしていた。家のなかに居座った漠然とした秘密の気配、母の異常行動のせいである。得体の知れない行者。おそらくはあの男にそそのかされたせいで、すっかり迷信にとらわれてしまっている様子の母。家中に充満する不快な香の匂い。

どれも怪異というほどのことではない。現実の範囲でじゅうぶん説明可能な、ありふれた異常だった。人をたぶらかす贋《にせ》行者にしても、とりたてて、めずらしがるようなものではない。無知な人間を騙して世過ぎをする連中はどこにでもいる。問題は、そのことをどんなふうにして母に切り出すか。どうやって諫《いさ》めるかだった。

これといった妙案もなく、とりとめもない考えにふけっているうちに、ふと、懐かしい言葉が唇からこぼれ出た。子供の頃に何度も口にした言葉。年の離れた兄に向かって、何度も投げかけた、それはごく口になじんだひとことだった。

「ねえ、どう思う？　兄さん」

声に出して言ってしまってから、葉月ははっとして口をつぐんだ。自分で自分のしたことに驚いていた。死者に話しかけるなんて。兄は死んだのだ。もう、この世のどこにもいない。どうということはない。兄にもその日が来たというだけのことだ。

葉月は首を振った。習慣というのは恐ろしいものだと思った。むかしは何度もこの言葉を使ったものだった。しかし最後に伊吹にそんなふうに呼びかけたのは、葉月が中学にあがる直前、兄が短い帰郷を果たした折のことだったから、もうずいぶん前のことになる。

葉月は少し深刻になりすぎた自分を内心で嗤《わら》いながら、勢いよく起き上がった。

真正面からぶつかることにした。

母の面目をつぶし、恥をかかせることになってしまうかもしれないが、何はともあれ、怪しげな行者を信じきっている母には、力ずくにも考えを改めてもらわなければならない。

何より、自分にはこの家の名をあずかる人間として、ぜひにもそうする義務があるのだと思った。葉月はそれ以上迷わなかった。

正義が葉月の側にあることは、あきらかだったからである。

勢津は自室で縫い物をしているところだった。

仕立物仕事などを請け負って、家計の足しにしているのだ。母が手仕事をしている姿はなつかしかった。物心ついて以来、毎日のように目にしてきた光景だったからだ。

常盤家には父が遺してくれた家屋や、わずかながらも蓄えがあったために、生活に困るというようなことはなかったが、それでもじゅうぶんに余裕がある暮らしとはいえなかった。葉月は縫い物をしている母を見て大きくなったのである。

声をかけて部屋に入ると、勢津はけげんそうに息子の顔を見上げた。

「どうしました？　難しい顔をして」

問われて、葉月は思わず目を伏せた。

針を扱う手を休めた母の膝《ひざ》元には、縫いかけの生地が几帳面に折り重ねてあった。

「お話があります」

「まあ、何でしょうね」

笑って座布団を譲って寄越した母に、葉月は冷たく言い放った。

「いったい、あの男にいくらお払いになったんです？」

それだけで、じゅうぶんに意は通じたらしかった。母の表情が急に硬くなった。

「母さん、あの男は騙り者ですよ」

きっぱりと断じ、さらに言葉を重ねようとした葉月を、しかし母は毅然《きぜん》とさえぎった。

「いいえ。あの方は騙り者などではありませんよ」

勢津は静かに立ち上がると、箪笥《たんす》のなかから小壺を取り出して、持ってきた。

その壺には見覚えがあった。

「何です？　それは」

着物の懐からそれを取り出していた男の風貌《ふうぼう》を思い出して、嫌悪感やるかたなく片頬をゆがめた葉月に、勢津はあたりまえのように答えを返した。

「反魂香《はんごんこう》ですよ」

あまりに堂々とした態度だったので、かえって葉月のほうでぽかんとしてしまった。

「反魂香ですって？　あの、死者の霊魂《れいこん》を呼び出せるとかいう……」

芝居や物語のなかで語られる、それは至って非現実的な品物だった。

勢津はうなずきながら言った。

「そうです。ですが、これは本物ですよ。行者殿は、きちんとわたしにそれを証明してみせてくれました」

「あの男が何を証明したっていうんです」

「香の効き目です。はじめのうちはわたしも半信半疑でしたが、じっさいにこの香を焚いてみて、疑いは消えました。確かに伊吹さんの気配を、この家の周辺に感じられるようになったのですもの。行者殿の話では、作法に従ってこの香を焚き続けていれば、いずれあの子と言葉を交わすこともできると――」

母の言い分に、葉月は暗澹《あんたん》とした。

息子を失った親の心につけ込む悪質な騙り者に対する怒りと、そんな輩《やから》に手もなくひっかかるとは我が親ながら情けないという失望が、胸の辺りでどす黒く入り混じった。不快でたまらなかった。だから、ばっさりと切り捨てた。

「そんなこと、ぜんぶいんちきだ」

「いいえ。葉月さんだって知っているじゃありませんか。ほら、昨日の晩。あのとき、伊吹さんの霊魂は、ちゃんと玄関の戸の向こうまで戻ってきてくれました」

大真面目に亡霊の実在を語る母親にうんざりした。正気を失くしているとしか思えなかった。

「僕はあのとき……母さんの他に、誰も見なかった」

「そう、伊吹さんが外に立っていたのは、とても短いあいだでしたからね。葉月さんが来たときには、あの子の気配はすでに消えてしまっていたかもしれません。だけど確かに伊吹さんはあそこにいたのです。次はきっと、家のなかにまで入ってきてくれるはずです。行者殿がおっしゃるには、あと十日ばかりもすれば――」

「いいかげんにしてください！」

無性に苛立ちが募って、葉月は母をどなりつけた。が、勢津は怯《ひる》む様子もなく、葉月の顔を仰ぎ見た。感情的になっている葉月とは対照的に、穏やかな口調で勢津は話した。

「わたしはあの子にもう一度、話をさせてやりたいのです。心残りはないか、訊ねてやりたいのです。葉月さんはペテンだというけれど、わたしはこの香を焚くようになってから、ほんとうに何度も伊吹さんの存在を感じたのです。伊吹さんはいずれ姿と声とを携えて、この家に帰ってきてくれるはずです」

話にならなかった。

思考のありかたがあまりにも違いすぎて、ゆがんだ認識を改めさせようにも、手のつけようがなかった。母はすっかりペテン師の手の内に取り込まれてしまっている。

葉月は内心で頭を抱えた。母はそこにいる。彼女の耳には、ちゃんと葉月の声が届いている。なのに、意思の疎通ができない。

葉月は不条理のかたまりと化した勢津から目を背けた。が、ともかく釘を刺しておくことだけは忘れなかった。

「この話はあとにしましょう。少し頭を冷やしてきます。ですが、あの行者に金を渡すのだけはおよしになってください。母さんがどう思おうと、あの男はまともじゃない」

「でも、香が必要です」

勢津は思いのほか、強情だった。葉月はため息をついた。徒労感に襲われながら、押し殺した声で吐き捨てた。

「なら、どうとでもお好きになさればいい。僕の知ったことじゃありませんよ」

葉月は足音高く母の部屋を出て、乱暴に襖を閉めた。

腹立ちに任せて土手の道を歩いた。生前、ことのほか散歩を好んだ伊吹と連れだって、繰り返し歩いた道だった。港川の土手沿いに長くのびた生活道路。夏のあいだ、道の両側の空き地には背丈を追い越さんばかりに雑草が繁茂《はんも》した。陽が傾くと、草叢に白や黄色の花が咲いた。たとえば宵待草《よいまち》の花。陽射しの強い昼間は萎《しお》れて目立たないが、夕方になると息を吹き返したように可憐《かれん》な花を咲かせる。朝に夕方に、ふらりと家を出て行く兄に犬のように従って、小花の散らばる土手道を歩いた。

それもやはり、中学に上がる以前の思い出である。

深呼吸をして昂ぶる気持ちを落ち着かせながら、葉月はゆっくりとあたりを見まわした。目に入る土手の風景は、むかしと少しも変わらないように思えた。自然に、当時のことを思い出した。あの頃。葉月はいつも、自分の少し先を行く、伊吹の背中を見ていた。懸命についていった。どんどん進んでいく兄に遅れないように。その後ろ姿を見失わないように。

理想的な兄、とはとてもいえない人だった。軟弱で、おまけに少し考えの足りないところがあった。それでも十歳違いの兄は、子供だった葉月の目には、まったく大人らしく見えたものだった。

父が戦死して以来、成年男子不在のために常盤家の家督権は一時、本家の養子となった上の叔父の預かりになっていた。家長の資格は、伊吹の成人を待って、ようやく本来の持ち主に戻されたのであるが、そうなる以前から、兄はじゅうぶんに家長――父親だった。少なくとも、葉月にとっては。というのも、名ばかりの父親代理である叔父とは違って、兄は最も身近に存在した『大人の男』だったからである。

そのむかし、武家の男子の教育は、各家の主人によって手ずから行われたそうである。ところがいまでは、行儀作法、学問、実技、道徳教育に至るまで、そっくり学校が肩がわりをするようになったため、父親不在の家庭でも教育的な不都合はあまりない。

だから兄には、教育者に対するような畏敬《いけい》の念も、見習うべき男子の理想像も反映させる必要がなかった。ただ、年長の血縁者への憧れと親愛の情だけを抱いていた。つまり、強いて理性を介在させる必要のない、近しい存在だった。

いまにして思えば、あのときの伊吹はまだ年若く、現在の葉月といくらも変わらない年頃である。初等学校生だった葉月の父親呼ばわりにするには気がひけるほどの若さだ。我ながらあの兄に対して、ずいぶん大仰な役回りを押しつけたものだと苦笑がもれる。しかし、当時の葉月は大真面目に、兄を父親同然に敬愛していたものだった。

だから、ずいぶん真似をした。伊吹が趣味にしていた写生や釣りに無理やりについていったり、彼の本箱から持ち出した、読めもしない外国の小説のページを、こっそりと繰《く》ってみたりもした。結局どちらも形を真似ただけで、あとが続かなかったものの、伊吹が構いつけてくれた時間は、その気になればいまでもはっきりと思い出せるほど楽しかった。

その道の先達について学んだわけでもないのに、どういうわけか、伊吹は物語を講釈するのがたいそううまかった。じつのところ、兄の散歩についていくいちばんの理由は、彼の語る物語を聞きたいがためだった。伊吹は歩く道々、少年が好みそうな東西の物語をどこからともなく引いてきて、面白おかしく語ってくれた。本が好きで、多弁で、ひょうきんで、武門の男子としては、あきらかに異質な人だった。

しかし、そんなふうに型破りな『父親』も、自分の運命に対してばかりは従順だった。定められたとおりに武官学校に進み、卒業した。そして、命じられるままに中央大陸を転々としたあげく、任官六年目の春にそこで死んだ。ただし戦ではなく、事故で。

そのせいか、死後も階級は少尉のままだった。事故の詳細は伝えられなかった。ただ、兵員局から人が来て、その旨《むね》を伝えられただけだ。遺骨も遺品も戻ってはこず、手もとに残されたのは、そっけなく事故死亡を告げる、通知書一枚きりだった。

母は何も言わずにその紙切れを仏壇の引き出しのなかにしまった。

それで終わりだった。

遺骨のひとかけらも残さず、兄は永久にこの世から消えてしまった。ただ一度だけ、母は事故の詳細について、兵員局に問い合わせたようだった。が、結局何も変わらなかった。

戦死とは違う死。兄の死について、それ以上を知ることはできなかったのである。

兄は任地でよほど疎《うと》まれていたのだろうかと、葉月は想像した。彼は良くも悪くも、自分というものを隠さない人だった。武家の人間にあるまじきこの悪癖は、ときどき伊吹にずいぶん不穏な言葉を吐かせた。


「軍人というのは、つくづく嫌なものだね。やめられるものなら、いますぐにでもやめてしまいたいよ」

釣り糸を垂れながら、またとんでもないことを言い出した兄にぎょっとして、葉月はあわててあたりを見まわした。

そういう人だとわかっていたつもりではあったが、伊吹の軟弱ぶりには、武家の子弟のひとりとして、やはり幻滅しないではいられなかった。親しい身内だと思えばこそ、余計に面白くなかったのだ。

「兄さんは軟弱にすぎます。武門に生まれた身の上をわきまえて、もう少し勇ましくされてはどうですか」

「これは勇ましいかどうかとは関係がないよ。俺は人並みに心を持ちたいんだ。しかし、良き兵員になろうと思えば、心なき者にならざるをえない」

「心なら、誰だって持っているじゃないですか。きっと、犬や猫だって持っていますよ。

遊んでやれば喜ぶし、ごはんが遅れれば悲しそうだもの」

　葉月の真面目な反論に、伊吹はおかしそうに笑った。心外だった。

「うん、そうだな。俺の言い方がまずかった。このさい、感じたり思考したりする習慣のことを、心と呼んだまでだよ」

「思考する、習慣ですか？」

「たとえば愉快なことを想像したり、美しいものを心に思い描いたり。ふと視線を交わすだけで、心があたたかくなるような知己が欲しいと望んだり。そういったことだよ」

「やっぱり軟弱ですね。兄さんは。そんなもの、どれも軍人には必要ないものです」

「そこなんだ。ほんとうに必要ないと思うか？」

「思います。下手に学問に首をつっこんだ男は使い物にならないって、いつか叔父さんが言っていましたよ。屁理屈ばかりこねて行動しなくなるって。とくに外国の本や作り話なんかを読むのはよくないって。男としてだめになるって」

「大方、俺のことだな、それは」

　わざわざ名指しを避けたのに、親しい身内にまで陰口を叩かれているというのに、伊吹はまるで他人事を面白がるようにして、叔父の意見を肯《うけが》った。

　兄を頭ごなしに非難する叔父にか、それとも侮辱されても一向に奮起するつもりのない兄にか、どちらに対してともつかない不満にむっとした葉月に、伊吹は軽い調子でつけ加えた。

「仕方がないさ。なにしろ俺はどうしようもなく新しい人間だからな」

「いま生きている人は、誰だって新しい人間ですよ」

「そういう意味じゃない。人間の種類の問題だよ。たとえばこの国では、まだまだ古いタイプの人間が幅をきかせている。いや、そうじゃないな。この国だけじゃない、世界中、ほとんどの国でそうなんだ。いまだ、古い習慣に頭の先まで浸かっている。欲しいものは力ずくに奪い取る。血には血で贖《あがな》いを求める。感情と利害の命ずるままに実行する。ようするに、ろくにものを考えないで行動するんだ」

「そういうのを勇敢な人間っていうんです。軍人たるもの、つとめてそうあるべきだと思います」

「見解の相違だな。俺は勇敢な人間とは、目先の感情や利得に行動を誤らされない者のことをいうのだと思うよ。成らぬ堪忍するが堪忍だ。破滅というのは大方《あた》、相手の挑発に乗ったところで決定づけられる。辛抱して、粘り強く妥協点を探す。能う限りの平穏を維持しながら最善を選び取れる人間こそ、傑物だな」

「そうかしら。それはあんまり臆病なやり方のような気がします。余計なことを考えていたら何にだって出遅れる。勝機を逃します。それよりなにより、僕はぐずぐず考えごとをしているような人間は好きません。皆の足を引っ張るでしょう?」

「皆の足を引っ張る、か」

伊吹はちょっと困ったような顔をした。

「それなんだな。結局は。誰のためにもなることが何なのか、それがわかれば迷わずに済むんだが。あいにくこっちはただの人間だ。あまり遠いところは見えない」

そのとき、垂らしっぱなしにしていた釣り糸がついと川面《かわも》をすべった。

「おや、かかったぞ」

伊吹はしなる釣り竿を手もとに引き寄せながら立ち上がった。しかし糸を引っ張っていたのは、案に反して魚ではなかった。やがて水面に浮き上がってきたのは川底を流れてきたらしい泥まみれの破れ草履《ぞうり》で、しかし兄はそのことにがっかりするでもなく、じつに愉快そうに声をたてて笑った。憂さを吹き飛ばすような、爽快《そうかい》な笑い声だった。

あのとき、兄は何を迷っていたのだろう。国体維持のため、命じられるままにどこにでも出かけていって、言われたとおりに働くのが軍人の役目だ。戦が起これば前線に立ち、必要があればそこで死ぬ。自分たちにはそれ以外の選択肢など、なかったはずなのに。

葉月はあの日と同じように川べりの草叢に腰をおろしてみた。

軽やかな水音をたてて川が流れていく。ときどき川面をわたってくる風が、青々と茂った夏草を揺らした。この景色も、風の匂いも、あの頃から少しも変わっていない。葉月には、そんなふうに思えた。

あのとき、となりに座っていた兄は跡形もなく消えてしまったというのに。

ありし日の兄の姿がはっきりと思い出されたとき、思いもかけず淋しくなった。寄《よ》る辺《べ》ない思いにとらわれて、立てた膝にまなざしを伏せたとき、背後から人の声が降ってきた。

「こんにちは。その後、調子はいかがでしょうか」

だしぬけに投げかけられた問いに、びっくりして振り返った。見ると、河原一面に繁った草叢にうもれるようにして、いつかの少年が立っていた。

買い物かごを提げたその少年が何者なのか、思い出すのに時間は必要なかった。

「きみは……確か、金物屋の」

「はい、店主の夜見坂です」

名乗りながら、少年はことわりもなく葉月のとなりに腰をおろした。

それも、ひどく近い場所に。

「このあいだの小刀、お役に立てているでしょうか」

「まさか、きみは売った商品の行方をいちいちつきとめては、客に使い心地をきいてまわっているんじゃないだろうな。ええと、夜見坂……君？」

「まさか。そんなことしません」

夜見坂は笑った。それから、小声でつけ加えた。

「もちろん、そうしたいのはやまやまですけれど」

真顔で妙なことを言い出した夜見坂を、葉月は少なからず不気味に思った。腕が触れあわんばかりに接近した夜見坂のとなりから、そっと身体を引き離した。

「今日はたまたま通りかかったところでお客さんの姿が見えたので、声をおかけしただけです。河原で考えごとだなんて、何かお悩みなのかなと思って。よければお話、うかがいましょうか？　相談だけなら料金はいただきませんから。お代は見てのお帰りってことで」

夜見坂の申し出に、葉月は納得顔になった。

「そうか、きみの家は確か、まじない屋を兼業していたんだったな。しかし、あいにく僕は迷信家ではないんだ。そういうものに用はない。きみたちのような騙り屋には、かえって迷惑させられているくらいでね」

差し向けられた、きつい皮肉を素知らぬ顔でやりすごして、夜見坂は身を乗り出した。

「へえ、騙り屋に？」

「それ、いったいどういう種類の騙りなんですか？」

「反魂香だ」

葉月はうんざりしながら答えた。

「厄介なことに、家人がすっかり信じこんでしまっていてね。行者に金を払えば、他界した兄と話ができるなどという騙り者の言い分を本気にしているようなんだ。ずいぶん金も渡していているようだし、このままにはしておけない。世間じゃその手のいんちきが、もの知らずな人間の信心を集めているのはよく承知しているが――」

「まさか、お身内に限って、その種のいんちきにひっかかるとは思っていなかった？」

夜見坂がわけ知り顔につけ加えたので、葉月は意外そうに少年の顔を見た。

「わかっているとは思うが。僕はきみたちの商売を悪く言っているんだよ」

「だけどおれの仕事は、あなたがお疑いの心霊詐欺《さぎ》とは何の関係もありませんから。どんな商売にも言えることですけれど、いんちきが幅をきかせているからって、妥当な価格で良いものを提供する業者がいないわけじゃありません。

ご家族の件にしても、脅されたりゆすられたりしているのではなくて、ご本人が心から納得して適正だと思う金額を支払われているのなら、問題はないんじゃないでしょうか。

信心にしろ、契約にしろ、約束って、何を信じて何を信じないか、それがすべてです。心底信じていることって、当人にとっては紛れもない真実で、やっぱりちゃんと価値のあることなんだと思います」

「ひどい理屈だな。なるほどきみにとっては他人事には違いないだろうが、反魂香だの、亡霊だの、どう考えてもいんちきらしいものに価値があるなんて、ずいぶん無責任なことを言うものだ」

「信心の対象って、たいていはいんちきくさいものですよ。部外者から見れば。だけど、宗教にせよ、哲学にせよ、人の愛情とか信頼といったものにせよ、現実的な威力、ましてや実体なんか、備えてなんかいないのがふつうです。神様なんていうのはその最たるものだと思いますけど、実体を持たないが故に無価値だなんて、誰に言えるでしょう。数多《あまた》ある信仰、信心のたぐいは、実体なきが故に有力だという側面もあります。寄る辺なくとりとめのない世界で、迷える人に行動の指針を、意味を、慰めを与えてくれる温和なもの。お家の方が、その行者さんを信じて香の効果を認めておられるのなら、それで救われているのなら、結構なことじゃないですか」

夜見坂の平然とした言いように、葉月はとうとう腹を立てた。

「ではきみは、このまま放っておけというのか。ありもしない話をすっかり信じさせられて、みすみす金銭を巻き上げられている母を」

「放ってはおけませんか？」

「あたりまえだ」

「でも、あなたにお母様の何がわかっているってわけじゃないでしょう？」

「母が騙されているということだけはわかっている」

「そうでしょうか？」

夜見坂は葉月の顔をじっと見つめた。

「ひとつ提案があるんですけれど。このさい、あなたもお母様につき合われてみてはいかがでしょう。ものは試しというものです。その行者の話に乗って、反魂香の効き目を体感されてみては？　そしたら、いくらかお母様の気持ちが理解できるかもしれません」

　葉月は思わず笑いだした。

「まさか、きみまで反魂香の効き目を信じているのか？」

　問われた夜見坂は、至って真面目な顔つきで返した。

「だって、亡くなった人に会える機会なんて、めったにあるものじゃありませんよ」

「なるほど、行者の言っていることがほんとうかどうか、自分で確かめろというんだな。いいだろう。そこまで言うなら、試してやろうという気になってきたよ。どうせ、亡霊になんぞ会えるわけがないんだし、目の前でペテンを暴いてやれば、母の目も覚めるだろう」

「そうですね。だけど、もしそうなったら、お母様には少しお気の毒ですね。強く信じていたものをすっかり否定されるのって、なかなかの痛手です。はいそうですね、なんて、すぐに納得するってわけにはいかないかもしれないな。きっと、まわりに面白くもない波風が立ちますよ」

「信じていたものが間違いだというならそれも仕方がないさ。いんちき行者の言葉を真に受けている母には悪いが、くだらない思い込みと手を切れるというのなら、それだって大いに望むところだね」

「そうですか」

夜見坂は了承した、とでもいうようにうなずいた。それからすぐに立ち上がった。

「じゃ、おれは急ぐので、これで。じつは港の市場に行く途中だったんです。遅くなるといいのがなくなっちゃうんだ。鯵《あじ》の小さいの、残ってるといいんだけど。あれ、安くて重宝ですよね」

あいかわらずおかしな少年だった。言葉を交わしたのはこれでわずかに二度目だったが、夜見坂に対する評価を固めるのには、それでじゅうぶんだった。

――不審人物。

この先、その印象が覆《くつがえ》されることは、おそらくないだろうと思われた。

――何しに来たんだ？　あいつ。

土手の道を急ぎ足に遠ざかっていく少年の後ろ姿を目で追いながら、葉月はふんと鼻を鳴らした。

常盤家の周囲には依然、例の香の匂いが漂っていた。徐々に頭が重くなってくるような甘ったるい香りにさらされているうちに、ひととき忘れていたペテン師に対する怒りがまたぶり返してきた。葉月は、苛々しながら乱暴に玄関の戸を引き開けた。

母は、今朝のやりとりなどはじめからなかったかのように端然として、自室で仕立物仕事に励んでいた。

葉月は思わずため息をつきたくなった。勢津の性格の強さが、今度ばかりは厭《いと》わしかった。伊吹が姿と声を携えた亡霊としてあらわれるまでは、何としても行者と縁を切るつもりはないらしかった。ともあれ不満は腹の底に収めて、葉月は勢津に頭を下げた。

「すみません、今朝は言いすぎました」

「構いませんよ。わたしが勝手にしていることです。葉月さんに理解を求めるのは、間違いだったのかもしれませんね」

「そのことなのですが」

波立つ感情をつとめて抑えつけて、葉月は言葉を継いだ。

「一度その、行者とやらに会わせていただきたいんです。母さんのおっしゃっていることが事実なら、兄さんの亡霊は僕の目の前にだって姿を見せてくれるはずです。触れ込みどおりに、彼に金を払う価値がほんとうにあるのかどうか、直接僕に見極めさせてください」

勢津が顔を上げた。母のおもてにはどういうわけか、うれしそうな表情が浮かんでいた。

「いいですよ」

てっきり抵抗されると思い込んでいたので、拍子抜けした。思わず聞き返した。

「ほんとうにいいんですか?」

「もちろんです。伊吹さんもきっとあなたに会いたがるでしょう」

勢津はにっこり微笑んだ。

4

それからさらに数日がたった夕刻のことであった。

常盤家の門先に、くだんの行者がひっそりと立ちあらわれた。

行者を座敷まで案内してきた千代は、不吉な影のようにたたずむ行者を怖がって、用が済むなり、たちまち勝手の奥にひっこんでしまった。行者は勢津に勧められるままに座敷の上座へと歩を進め、そこに腰を落ち着けた。

母と並んで彼と対面した葉月は、目の前の男を遠慮なく観察した。

どことといって特徴のない男だった。何の必要があってか、片手に手袋をはめている。外で見たときには気づかなかったが、あのときもそうしていたのだろうか。白でも黒でもなく、肌の色をした手袋は目立たず、遠目には素手らしく見えた。

年齢は、三十代の半ばをいくつか過ぎたあたりだと思われた。眼光なり物腰なりが余人に比べて鋭いということもなく、背丈も肉づきも至ってふつう並みで、どこに紛れ込んでいてもおかしくないような男だった。傷んだ墨染めの衣だけが、男に常人ならざる風を与えていたが、それを除けばやはり、目を引かれるような特徴はない。

ただし、声だけはふつう並みとは違っていた。男の声音《こわね》は耳に心地よい、独特のつやを帯びていた。加えて流れるような語り口。けっして声量が大きいわけではないのに、その声は室内に朗々と響いた。どうかすると語りに引き込まれて夢中になってしまいそうになる、男は不思議な声質の持ち主だった。

葉月はまず、男に母と知り合った経緯について説明を求めた。男は訊ねられたことについて、言葉に迷うことも、思案に話を中断させることもなく、すらすらと語りはじめた。

「ふた月あまり前のことでございました。たまさかの用事で付近を通りかかりましたところ、通りに面した路地の入り口で、何やら仔細ありげなそぶりの青年武官殿をお見かけいたしました。軍服姿もすらりと形よく、それでいてありきたりの軍人にも似ぬ、公子のようなお顔立ち。何やら、ひととおりではない様子のお方でございました。

とは申しましても、かの方はすでにこの世の存在にはあらず。私どものような人間にしか見ることのかなわぬ仕様で、そこに立っておいでてございました。事情をうかがえば、大陸で命を落とされた少尉殿とのこと。人に思い残したことがあって、ようやくの帰還を果たしたものの、肝心の相手に声は届かず、気づかれもせず、家に入ることさえかなわぬと途方に暮れておいでてございました。容姿同様、話す調子も武人しかりとしたものからは程遠く、たいそう穏やかな言葉つきをしておいでございました。

はたして、かの方に示されるままにたどり着きました住まいにあるじ殿を訪ねてみれば、確かに心当たりありとのこと。行きがかりの縁とはいえ、乗りかかった船、それがしが両者の取り持ちを引き受けました次第でございます——」

葉月は男の話を黙って聞いていた。じつに流暢《りゅうちょう》な語りだった。男の話し方には、覚えがあるような気がした。こういう語り口をどこかで聞いたことがある。さて、どこだったか。

男は続けた。

「——反魂香の香気は、死者にとっては、もはや異境同然である現世《うつしよ》の、ささやかな標《しるべ》となるべきもの。定められた期間、定められた分量の香を焚けば、やがて見えざる死者の霊魂に姿形を与え、生者にまみえる機会をもたらしますもの。すでに香を焚かれて六十幾日、もう、じきにご子息は身体と声を携えて、御家族の御前にあらわれておいでになるはずでございます」

男の言葉を受けて、勢津が膝を乗りだした。

「それはいつ、長男との会見は、いつかなうのでございましょうか」

「もう、間もなく」

聞く者にみじんの疑いも差し挟ませない、確固とした口調で男は言い切った。

「ときに奥方様、かねてからのお約束どおり、しまいの香と引き換えに、残りの代金を頂《ちょう》戴《だい》いたしたいのですが、準備していただけましたかな」

男がにわかに口調をあらためた。

勢津はあらかじめ用意していたらしい袱紗《ふくさ》包みをかたわらから取り出して、男の膝元に押しやった。包みの厚さから推《お》して、やはり大金であることが察せられた。男は例によって、中身を改めもせずにそれを取り上げて、懐に収めようとした。

しかし、葉月がそうはさせなかった。

「この取り引きは不当だ」

斬りつけるような葉月の声に、男は動きを止めた。が、葉月の激しい抗議に接しても、毛ほどの動揺も見せなかった。金の包みをつかんだまま、視線を上げた。

男は、憤《いきどお》りに半ば息を詰まらせている葉月の顔をじっと見つめた。

「あなた様は、常ならぬ望みをかなえるためには、それなりの代価が必要だとはお思いになりませぬかな」

「それなりの代価？　冗談じゃない。いくら金を積んだところで死人《しびと》に会えるわけがない。ましてや話せるはずもない」

「死人ではない。亡霊です」

葉月は冷ややかなまなざしで男を見遣った。

「いずれにせよ、あなたをこのまま返すわけにはいきません。そちらの素性はおろか、真実の姓名さえ知らないんだ。そんな相手の言うことを、そっくりそのまま信じられると思いますか。ましてや大金を与えて黙って返すなんてことができると思いますか」

「さては、それがしを脅しておいでか。金を置いて即刻立ち去らねば、官憲に突き出すと？」

葉月がうなずくと、男は苦笑しながら手にした包みを畳の上に戻した。

「それがしの言うことが信じられぬとおっしゃるのなら、いたしかたありますまい。金はお返しいたしましょう。それでは他に用もないこと。それがしは、これにて失礼つかまつる」

男が躊躇《ちゅうちょ》なく腰を上げかけたところで、今度はあたりを払う、はっきりとした女声が彼を引きとめた。

「お待ちくださいませ」

「母さん！」

怒りにまかせて母親を叱りつけた葉月の強硬な態度にも、勢津は構わなかった。

キッと眦《まなじり》を吊《つ》り上げて行者に迫った。

「わたしはあの子に、思い残したことがないか、言いたいことがないか、確かめたいのです。そうでなければ、どうしても承知ができないのです。どうか、お金をお持ちください」

行者に詰め寄る勢津の口調は異様な熱を帯びて、まるで何かに憑《つ》かれた人のようだった。

公《おおやけ》の場では一度も見せたことのない、それは感情をむきだしにした母の姿だった。

しかし、そのことが葉月に同情心を起こさせるはずもなかった。勢津のあまりにも直截《ちょくさい》的なふるまいは、葉月を余計に苛立たせただけだった。死んだ人間にいつまでもこだわるなんて、我が母ながらみっともない人だと思った。恥ずかしい。顔向けもできない。

そう考えてから、ふと疑問に思った。

――顔向けできない？　それは誰に……何に対してだ？

暗闇のなかで幽霊の着物の裾がひらりと翻《ひるがえ》ったような気がした。もちろんじっさいにそんなものが目に映ったわけではない。ただ、そんなふうに感じただけだ。しかしその一瞬のイメージは、葉月をひどく不安にした。いま、自分は確かに何か、気味の悪いものの存在に気づきかけた。怪物の尾を見てしまった。そんな気がした。胸が悪くなった。

一方、行者は勢津の懇願に応じるそぶりも見せず、静かに座を立ち、部屋を出て行った。しかし、勢津は諦めなかった。すぐに彼のあとを追った。乱れた足音。縋りつく声。懸命に男を引き止めようとしている様子が、手に取るように伝わってきた。が、男はついに気を変えなかったらしい。玄関先で少しく問答をしたのを最後に、やがて客の気配は、すっかり暗くなった戸外へと消えていった。

その間、葉月は身動きもせずに、畳の上に置きっ放しになった袱紗包みを見つめていた。気の滅入るような成り行きだった。

行者の去ったあと、勢津はひとことも発さず、自室に引きこもってしまった。襖越しに部屋のなかをうかがってみたが、物音ひとつ聞き取れなかった。意気消沈している母を思ってつかの間、いたたまれない気持ちになった。しかしだからといって、自分の行動を反省するつもりは毛頭なかった。母を悲しがらせたことについてばかりは心が痛んだが、部屋に入っていって慰めを言う気には、とうていなれなかった。当然、謝ることもせず、葉月は黙って自室に引きあげた。

そうすることしかできなかったからである。金物屋の少年に勧められたとおりに、母につき合って行者の話を聞いてみたところで、状況はまったく変わらなかった。

葉月にはいまになっても、勢津の気持ちがまったく理解できなかった。

――あんな胡散《うさん》臭い行者の言うことが、ほんとうであるはずがない。母さんには気の毒だったけれど、つらいのもひとときのこと、ほんの気の迷いだ。いまはこんなふうでも、じきに正気に返るはずだ。

そうなれば、いずれ母のほうで葉月に感謝するはずだった。なにしろ、葉月があの男を追い払ったおかげで、みすみすペテン師に大金を巻き上げられずに済んだのだから。亡霊など、いるはずがないのだから。

往生際の悪いことに、勢津はその後も、手もとに残った香を細々と焚き続けた。そのことについて、葉月はあえて口出しはしなかったが、釈然としない気持ちが残った。

他人を思いどおりにするのは、じつに難しいものだと思った。たとえ相手が近く、親しい間柄だったとしても。心から当人のためを思ってした干渉だったとしても。

階下の明かりはとうに消えていた。時刻は定かではなかったが、窓の外には、夜明け近くの空色がのぞいていた。闇色の薄紙の下に光の明るさを隠した、日の出前の空の色だ。

行者を追い返した日以来、眠りの浅い夜が続いていた。忌々《いまいま》しいことだったが、心のどこかにわだかまっているものが、安らかな眠りのじゃまをしているらしかった。

ひっかかっているのは、母に対する罪悪感なのか、それとも他の何かなのか、自分でもよくわからなかった。つまらないことを心にかけているという自覚はあったが、どうにもならなかった。もとより原因がわかったとして、それで安心してぐっすり眠れるようになるとも思えなかった。

ペテン師との絶縁以来、災難のように憂鬱《ゆううつ》が胸に居座っている。うっとうしくてたまらないが、追い払う手立てもない。

その日も、葉月は早く目覚めすぎた床のなかでぼんやりしていた。めずらしくもない成り行きに諾々《だくだく》と従っているうちに、耳慣れない物音を聞き分けた。

戸袋が、ことんと音を立てたものである。かすかな物音だった。ただの家鳴りだろうと、はじめは気にもとめなかったが、今度は窓枠がこつんと鳴った。

葉月は起き上がった。さすがに二度目の音には、不自然を感じずにはいられなかった。

窓辺に近づいて、外――庭のあたりを見下ろすと、そこにはまだ、夜明け前の濃い闇がわだかまっていた。

こつん。

また音がした。屋根に小石が転がった。視線を向けた柿の木の陰で、何かが動いた。人の形をした闇だ。こちらを見上げている。

ああ、兄だ、と思った。不思議なことに、少しもそれを疑わなかった。人影の姿かたちは定かではなく、まだ声さえ発されていないのに。

はたして人影は、兄の声で葉月に呼びかけた。

「やあ、葉月。ちょっと出てこないか。頼みにしていた行者をおまえが追い払ってしまったから、ここより先には進めないんだ。満願の日には皆で、鱧鍋《はもなべ》でも囲むつもりにしていたのに、残念なことだ」

いまだ木陰の闇のなかに立つその人物は、気安い口調で、じつに簡単に自らの正体を明かした。

――簡単？　そうか。これは……現実じゃないのか。

事態は至って明白だった。兄の姿が目に見えるのは、これが夢だからだ。葉月はそのことを確信した。さっき目が覚めたと思ったのは、ありがちな錯覚だったらしい。

兄の姿を夢に見る心当たりは、大いにあった。

――だけど。

夢のなかに親しげに姿をあらわした伊吹の、あいかわらずの軽薄ぶりには、やはりがっかりさせられていた。会えてうれしいとも思わなかった。

――どうせなら、母さんの夢のなかに出てきてあげればよかったのに。

ため息まじりに考えた。


東の空に、細い月がかかっていた。夜明け前のひんやりとした静寂のなかで、川のせせらぎだけがやけに大きく耳についた。地虫の鳴く声が、軽い水音の底を這《は》うように低く響いている。あたりは一面、川霧に煙《けぶ》っていた。白い靄《もや》のかかった土手沿いの道を、葉月はいつかと同じに、兄と連れだって歩いていた。伊吹はかつてそうしたように、葉月の少し先を進んでいる。葉月は歩きながら兄の表情をうかがおうとしたが、葉月の歩く位置からでは、あまりうまくいかなかった。そのせいか、伊吹の後ろ姿にはまるで現実味がない。

――現実味？　違う。これは夢だ。現実味なんか、なくて当然じゃないか。

葉月は夢のなかにいてなお、兄が死んだことを忘れてはいなかった。伊吹はもう、この世の人ではない。だからいま自分が目にしているのは――。

――ただのまぼろし。

葉月はまだ暗い部屋の、夏布団のなかでまどろんでいる自分の姿を想像した。

それはいかにもありそうなことだった。いま目の前にしている嘘《うそ》くさい幻影よりも、よほど信じやすいことだった。順当なつじつま合わせ。妥当な解釈。死んだ人間が戻ってくるなどということは、現実にはけっして起こらない。

常識的な理屈が、葉月をどこかで安心させていた。だから、葉月は目の前で起こっていることを詮索しなかった。しごくあたりまえのこととして、受け入れた。

これが夢である証拠には事欠かなかった。たとえば、目の前を歩いていく伊吹は、葉月の記憶にあるとおりの格好をしていた。仏間の写真の軍服姿ではなく、半袖の開襟シャツに灰色のズボン――これは去年、最後の休暇で兄に会ったときに、伊吹が実際に身に着けていた衣服だ。それから、癖。散歩のときはいつも片手で何かを弄《もてあそ》んでいる。それはときによって、碁石だったり、小銭だったり、木の実だったりした。

今度のは何だろうと注意を向けてみたところ、左手の指の間にキラキラ光る、赤い硝子玉が見えた。彼はまた、脈絡もなくよそ見をしたり、小首をかしげたりした。

懐かしい兄の仕草。

伊吹の足もとから延びる、淡い影の動きを目で追いながら、葉月は考えていた。これが手の込んだいたずらだとして、いったい誰にこんなことができるだろう。自分と、兄しか知らないこと。たとえば、伊吹の口癖。いつの間にか影響されて、一時期、葉月自身の口癖にもなった、あの言葉。

「なあ、葉月、おまえはどう思う？」

ふいに声をかけられて、葉月は顔を上げた。

兄はいつも話の終わりにそう言って、聞き手の意見を求めるのが常だった。自分とは違う、他人の考えを聞くのはずいぶん面白いから、というのが伊吹のきまった言いぐさだったが、葉月はそのたび、一人前の人間として意見を求められているような気がして、自分を誇らしく思った。しかし一方では、ちゃんと話が聞けていたかどうか試験されているような気がして、少し緊張もした。

青々と繁った草叢にまぎれた夏虫が、息も継がずに鳴き声をたてていた。葉月はしばらく放心したようにその音を聞いていたが、やがて口を開いた。

「すみません。少しぼうっとしていました」

伊吹は正直に無作法を申告した葉月を咎《とが》めなかった。持ち出した話題をあっさりと引っ込めて、照れくさそうに笑った。

「うん、無駄話もいいかげんにしておくか。なにしろおまえと話すのはずいぶん久しぶりだからな。つい前置きが長くなった。どうだい？　元気にしていたか」

「どうってことありません。以前と同じです」

「なんだ、愛想のないやつだな。何かないのか、俺に聞いてほしいことが。たとえば、いま夢中になっていることやなんか。趣味とか、研究とか、それでなければ好ましく思う女学生についての相談なんていうのは、どうだ？」

　びっくりするほどいつもどおりのやりとりだった。生前の伊吹の、こういう軽薄さが葉月はどうにも気に入らなかったものだった。

「ありません」

　人の記憶の、存外にしぶとい保存性に感心しながら、葉月はかつてと同じに素っ気ない答えを返した。しかし、懐かしさについ、余計なことを言った。

「愛想をお求めでしたら、僕の夢になど出てこないでください。母さんがずいぶん会いたがっていましたよ。人の夢に出てくることができるなら、母さんのところを訪ねてあげればよかったんです」

「夢ではないよ。俺は真実、ここに存在している。残念ながら、もはや生身の人間ではないが。ともあれ、死者の領分から、はるばるおまえに会いに来たんだ」

「僕と無駄話をするためにですか」

「そのとおり。亡者が生者に会いに来るのは、話したいことがあるからに決まっているだろう？　むかしから。それなのにおまえが金を出し惜しむから、懐かしい我が家でゆっくり会談するというわけにもいかなくなった。母さんが俺の死因について心配して、ずいぶん気をもんでいるようだから、おまえから『兄はなかなか安楽にやっているから大丈夫だ』とでも伝えておいてくれ」

　伊吹は笑みを含ませた声で葉月に言った。

「ほんとうに、兄さんがあの男に頼んだんですか？」

　半信半疑で確かめた葉月に、伊吹はあっさりとうなずいてみせた。

　――なんだか、出来すぎた夢だな。

　思わず眉根をよせたところで、また同じことを訊かれた。

「それで、どうなんだ？　この頃は」

　葉月は仕方なく、面白くもない近況を報告した。

「無事、武官試験に及第しました。秋からは僕も武官候補生です。じきに僕も兄さんと同じに、国の役に立てるようになると思います」

「ふうん」

　自分から聞きたがったくせに、いかにも気のないそぶりで伊吹はあいづちを打った。あまりに素っ気ない態度に、そんなつもりもなかったのに、つい不服が口を衝《つ》いて出た。

「褒めてはくれないんですか」

「おまえは俺に褒められるために、軍職につくのか」

　静かに問われて、葉月は赤くなった。

「そうじゃありませんけど」

うっかりのぞかせてしまった子供っぽい虚栄心を恥じて、葉月は口をつぐんだ。忌々しいことに、伊吹はそんな葉月の心情を、正確に読み取ったらしかった。申し訳なさそうに言った。

「すまなかった。いまのは意地の悪い言い方だったな。おまえはおまえに課せられた義務に忠実に生きている。なるほど褒められてしかるべきだ。だが、気をつけろ。他人の賞賛なんぞうかつに欲しがるものじゃないぞ。でないと早晩、道を誤ることになる。なにしろ軍人の正道は、万骨を敷き詰めて成る道だ。見知らぬ誰かの虚栄のために人生を無駄にするのはじつにつまらんぞ」

「戦で命を落とすことを心配してくださっているのですか。なら、お門違いというものです。国の役に立って死ぬんだ。少しも無駄なんかじゃない」

「そう、思うか？　おまえは自分の境遇を疑ったことがないのか。自分たちは誰かが捏造《ねつぞう》した、くだらない妄想のなかで、馬鹿のように踊らされているだけなのではないかと」

「妄想のなか？　まさか。僕は軍人ほど現実のなかを生きている人間はいないと思います。なにしろ、軍務は生き死にを賭けてやる、すこぶる実際的な仕事なんだ。これ以上の現実がありますか」

「それだからこそだよ。献身の美名のもとに他人の生き死にまでを当然のように支配する組織。人としてのまともな感覚を否定して、忠心だけでは飽き足らず、いずれ命まで取り上げようとする制度。もし、おまえが信じているのがそういうものだとしたら——おまえが散々怪しんでいたペテン師といくらも変わらんじゃないか」

そんなふうに指摘されたとたん、怪しげな行者に大金を与えようとした母の姿が、亡くした息子に無様に執着して取り乱した、勢津のみじめな様子が、葉月の脳裏を横切った。

かっと頭に血がのぼった。思わず大声を出していた。

「兄さんは不敬です！」

痛むほどに熱くなった頭のなかはいつのまにか、怒りでいっぱいになっていた。ずっと空っぽだと感じていた身の裡《うち》に、突然そんなふうに耐えがたいほどの感情がわきあがってきたのはなぜだろう。

一方、抑えようもない怒りに声を荒らげた葉月に対して、伊吹は少しも冷静を崩さなかった。引き続き、穏やかに問いを返してきた。

「不敬か。しかし、それは何に対してだ？　周囲を固める人間の利権のために、現世の神を名乗るという重荷を担《にな》ってこられた御方にか。それとも長く俺たちが仕えてきた麗《うるわ》しき武家制度にか。そうやって俺たちが守ってきたのは、いったい何だ」

「国と国民です」

即座に言い切った。

「ほんとうにそう思うか？」

「またですか。どうして兄さんはあたりまえのことにいちいちそうやって難癖をつけずにはいられないんですか。亡霊になってもあいかわらず軟弱なんだな。誰のためにもならない戦を王様がお許しになるはずがない。それに何のための戦かなんて、軍人が考えることじゃない」

「そう、何も考えず、ただ言われたとおりに人を殺すのが兵員の――戦争従事者の職務だ。所詮《しょせん》は同類でしかない『人間』の言うことを頭から信心してな」

「王様は――」

憤りに声を詰まらせた葉月のかわりに、伊吹が続けた。

「ただの人間とは違う、か？」

葉月は唇をかみしめた。

「なるほど、王はいつ、どんなときも俺たち武家の人間の頭上に君臨する絶対の不可侵者だった。人の形をした偶像。フィクションにして地上における最高の権威。かの方の権威を根拠にして、貴族や武家の人間はさらに多くの人間を支配してきた。とても、長い間。

だが、生まれの高貴を口実にして他者の生殺与奪をほしいままにすることなど、やはりしてはならないことなのだよ。恐ろしく不当なことだ。たとえ人が許しても、天は許すまい。不当な価値を騙った人間は――それを認めた人間もろとも、いずれその報いを受けることになるだろう。現に俺も、その罰を受けた。

ともあれ、この奇妙な制度の下で、数多の兵員が必死で働いてきたのも、ほんとうのことだ。ただし、彼らが『守って』きたのは――」

「この国の、あらゆる良きものです」

葉月が、叩きつけるような口調でその先をさえぎると、伊吹は声をたてて笑った。嘲笑《ちょうしょう》とも憫笑《びんしょう》とも違う、晴れやかで明るい笑い声だった。

「模範解答だ。しかし真実ではない」

「嘘だ。そんなこと、僕は信じない」

「俺も肉体を失ったいまになって、ようやくそのことを確信したのだがね、どうにも手遅れだ。いまさら何をしたくても手も足も出ない」

哀しみと失望の色をふたつながらに含んだまなざしは、葉月に向けられたものか、それとも亡霊となった自身に向けられたものなのか、葉月にはわからなかった。

「兄さんはどこでそんな不穏な思想にかぶれたんですか。この頃、世間は節操のない人間だらけだ。身勝手な自由主義者や、身の程をわきまえない平等主義者や、行儀の悪い社会主義者や――とにかく勝手者の見本市だ」

葉月の主張に、伊吹はあきれ顔になった。

「おまえはそのあたりもあいかわらずだな。馬鹿がつくほど素直なやつだ。高楼に立って話す人間の言うことを何でも真に受ける。だが俺はそんな大仰な思想家ではないよ。ただ、内外の史書や古典からそのことを学んだ。なに、簡単なことだ。複数の視点を取りながら、丁寧にできごとの筋道をたどっていけば、誰にでもわかる。

　無知がどれほど恐ろしいか。兵士がものする暴力がいかに危ういものか。そのふたつを当然のように受け入れていた古代人の暮らしの惨《みじ》めなことときたら、とても直視に堪えんよ。しかし、その悲惨《ひさん》の構造は、ほとんど変わらない形で現代にまで及んでいる」

「悲惨なんかじゃない。皆、当然の義務を果たしただけだ。むかしも、いまも」

「なら、ひとつ悲惨の具体例をあげようか。開治の改新前後の士族どうしの内戦時代——あの頃、士族が生み出した惨劇と消耗が、いったい何かの役に立ったとおまえは思うか？　派閥《はばつ》の乱立。ひとつの組織に、さらにいくつもの分派ができて相争った。皆、何が何だかわからないままに、主従の義理やら身内の縁やらで戦いに参加した。殺しの動機は多くの場合、自分のと違う派閥に属しているということだけだ。当時、正当であるということは、暫定《ざんてい》的に優位であることを意味していたようだね。

　暴力が日常にありふれていた時代だ。かたき討ちや天誅《てんちゅう》を名目にした殺戮《さつりく》集団が、生活のなかにことわりもなく踏み込んでくる。何のための戦いかなんて誰も考えない。復讐《ふくしゅう》のための復讐。心ある人が仲裁に乗り出そうとしたり、困窮者の救済に手を貸そうとすれば、そこにまた『裁きの刃』が振り下ろされる始末。

父や兄の所属が、何も知らされていなかった女性や子供にまで重い責任を負わせる。ある日突然襲いかかる逃亡生活。何年もの牢暮らし。そのあげくの牢死。首切り役人は赤子にだって容赦しない。勤勉と忍耐の裏側にある独善と短絡。

武人の本分とは何だろうね。刀を振り回す男どもは『敵』からいったい何を守っていたのだろう。自身の妻子を破滅への道連れにして？　失礼ながら俺には、彼らが必死で守っていたものが、些細な自尊感情以上のものであるようには思えなかったよ。

武人は人を殺すことを生業とする。故に、非生産的で傲慢《ごうまん》だ。東西の歴史が証明するとおり、武の力を利用して政権を握った王朝の為政《いせい》が過酷を極めるのはけだし、当然の成り行きだな。暗黙裡《あんもくり》に階級制度と、それに伴う面子《めんつ》を守るための殺人を容認する社会には、やることなすこと、動機に愛というものがない。

なのに、図々しいことだ。そのような国は必ず、よりにもよって愛という名の大義を兵員に担わせる。何にせよ、俺たちのような凡人を説得するのに、これほどもってこいの言葉はないからな。愛国心。この言葉に正面から抵抗できる人間は、そうざらにはいまい。たとえそれが、詭弁《きべん》家の口から出たものであったとしても。

とはいえ、俺は当の軍人なんだ。自分の運命からは逃れられないと、とうに観念はしていた。まあ、理屈では、職務だと割り切っていたつもりだった。

ところが、じっさいに現場に立つ段になって、とんでもない不都合に気づいてしまった」

「何ですか?」

嫌な予感を覚えながらも聞き流すことができず、葉月は訊ねた。

はたして、伊吹の答えは絶望的に残念なものだった。

「俺は人を殺すのが嫌いだ」

伊吹はそれを、平然と言ってのけた。

「じつにあの、殺しというやつは、演習でやるのとはまったくの別物だぜ。気味が悪い。対等以上の相手に本気でかかってこられたら、恐怖の勢いを借りて応戦もできようというものだが、そうでもなければ……」

「また、わがままですか」

「わがままじゃない。生理だよ、俺にしてみれば。どうしても人が殺せなくて参った。恨みもない、それどころか、どんな事情を抱えているかも知れん人間を、おまえは殺せるのか?」

「当然でしょう。それくらいの勇気は持ち合わせていますよ。兄さんは軍人不適格者だ。だけど、そんなのは甘えです。敵を生かすことは、味方を殺すことです」

「うん、俺もはじめはそう思った。物心ついて以来、そう教えられてきたからな。ところがそのうちに、そんなふうには考えられなくなってきた。

俺たちはずっと、人を刃物で脅して従わせる世界で生きてきた。しかし、兵員がいなければ人の生活が維持できないというのは、ほんとうだろうか。

我々は社会秩序を維持するために、国に仕える存在だ。だが、勇ましいことを言ってみたところで、じっさいはそれも、日々の糧《かて》を得るための方便にすぎない。いくら偉ぶってみたところで、食うことにあくせくしなければならん事情は、庶民階級の人間と少しも変わらない。前世紀の武人が人間離れした戒律を死守し続けてきたのも、ひとえに士族階級の内部に小さく区切られた各々の所属からはみ出さないためだ。なにしろ当時は所属から外れては、まず、生きてはいけない仕組みになっていたからな。

いまだって、事情はたいして変わらんよ。ともあれ上意に沿うことが存在の条件だ。兵員は皆、二言目には上位階級者の命令は王の御意だ、などといって無理無体なことを要求される。それがどんなに陰惨な命令であろうと、その出どころは等しく敬愛すべき王だというのだからな、なんともやりきれない。だんだん、できの悪い親に仕える子供みたいな気分になってくる。ほら、愛憎半ばする、というやつだ」

兄の横顔を、終始不服顔で見つめている葉月に気づいているのかいないのか、伊吹は悪びれるふうもなく先を続けた。

「ことわっておくが、俺はきれいごとを言っているわけではないよ。人を虐《しいた》げることがあたりまえの社会では、自国の民を虐げることもまた当然のことになってしまう。敵を虐殺《ぎゃくさつ》する力はまた、自国民を虐待する力でもある。他所で自国の兵員が振り撒いた災いは、いずれ他国の兵員に姿を変えて舞い戻ってくる。まるで呪詛《じゅそ》だな――。少々迷信らしい言い方をしたが、これは憶測ではなく、歴史が語る明白な事実だ。

　ある力を扱うときには必ず、それに拮抗《きっこう》する、逆方向の力を手中にしていなければならない。力というものは、自在に制御できてこそ、はじめて役に立つと言えるのだからな。

　ではたして、暴力に拮抗する力――そんなものが、この世に存在するのだろうか。そのあたりは俺の考えの及ぶところではないが、ともあれ、それを明言できない以上、武力はその本質において、人の制御を受けつけない力だということになる。

　なるほど、軍組織はある状況において、いかにも頼もしい存在だ。しかし、その扱いは少しも簡単ではない。そうは思いたくはないが、ことによると王はすでに、かの猛獣を御《ぎょ》する手立てを失ってしまわれたのかもしれないな」

「ありえません。そんなこと」

「そうでもないさ」

　伊吹は軽い言葉面とは裏腹に、ひどく重たい声音でそのひとことを吐き出した。

「いまここにある、何もかもが、暗い過去からのびた重い鎖の縛《いまし》めを受けている。そういうことがあったとしても、別段不思議ではないよ。たとえば、開治憲法だ。あの法は、軍職者にあまりに過大な権限を与えすぎている。そのうえ、軍組織に対する制御力がいかにも弱い。猛獣を飼うには、実効性のある手綱《たづな》と鞭《むち》と檻《おり》の用意が不可欠だが、その道具にあきらかな不備がある。獣にとってはじつに都合のいいことにな。

はたしてその結果が、現在の軍の在《あ》りようだ。放恣《ほうし》そのもの。ちょうど気まぐれに行きずりの他人に暴力をふるうようなことをやる。社会秩序の守護者が聞いてあきれるじゃないか。武の力を過信した誇大妄想者《こだいもうそうじゃ》ほど傍《はた》迷惑なものはない。そんな集団を抱えた国がこの先、はたして背後を気にせずに存在していけると思うか？　ただで済むはずがなかろう。

しかしだとすると、軍の増長を許す国家には、自国民の生命と生活を守るつもりがないということになってしまうな。するとさて、そのような国に何の意味があるのか？

古来、数多の為政者は国の防衛線たる国境をなるたけ遠くに置こうと腐心してきたが、その動機は揃《そろ》いも揃って上位階級者の在住する王府を守るため、周辺の国民を中央の盾にするためだ。国家は国民に容赦なく犠牲を要求する。何の約束も補償《ほしょう》もなしにだ。

承服できかねるやり方じゃないか。他人の権利を尊重することだけが、自らの権利を主張する根拠であるはずなのに。ところが実際は、そうじゃない。現実を見るに至って、俺はようやく自分が生きてきた社会の仕組みを、本気に疑いはじめた」

「兄さんはまともに義務も果たせない腐った人間が見るような、気持ちの悪い夢を見ているんだ。自分の無能を社会のせいにしているだけだ」

「お上を責めず、我が身に人殺しの才がないのを嘆け――か」

伊吹はまた、他人事を面白がるように笑った。兄はいつもこんなふうに軽薄に他者からの非難を受け流す。そういう不真面目な態度が、相手をどれほど不愉快にさせるかを、この人は知っているのだろうか。

葉月はなおも兄の言い分を非難しようとしたが、伊吹はそこでまた、話を戻した。

「ときに葉月。おまえは勇気にかけては自信があるようだが、ほんとうに人が殺せそうか？」

「もちろんです。職務とあれば」

「そうか。おまえは、自身の良き神を殺す覚悟か」

伊吹は初めて深刻な顔つきになって、唇をゆがめた。

「どういう意味ですか」

「殺しの代価は、おまえが思うよりずっと高いってことさ」

そんなはずはないと思った。

敵を殺すことは、殺人とは違う。だから、命じられれば、誰もがあたりまえにやっているのではないか。反論しようとしたところで、またはぐらかされた。

「しかし軍人不適格者にもご利益はあるんだぞ。人を殺さなければ、いらざる業《ごう》を積まなくて済む。じつは、おまえに会いに来たのは、このことを言っておきたかったからなんだ」

それまでの軽い口調が急に改まった。

「どうもこの国はまた、妙な方向に進みはじめているらしい。なに、こういうのはいまにはじまったことじゃないがね、何とも嫌な感じがする。これからの戦はおそらく、これまでのものとは性質《たち》が違ってくるだろう。なにしろ科学の進歩は長足《ちょうそく》だ。それが戦のためとなると、俄然《がぜん》速度を上げる。先の西大陸の戦では、新技術の投入によって、未曾有《みぞう》の戦死者を出したらしいが、この調子でいくと、死者の数は戦のたびごとに、指数関数的な増加をみるに違いないぞ。俺としては、これ以上戦にかかわらないことが、迂遠《うえん》ながら、この国を最も良く守る方法なんじゃないかと思うのだが、いまのところ軍の政策は下手に成果が上がっているからな。ここで踏みとどまるのは……難しかろうな」

葉月は黙ったままでいた。伊吹が何を考えているのかはわからなかったが、自分たちが信じてきた価値を、真っ向から否定していることだけはわかった。伊吹の口調は、そんな葉月の気持ちを見透かしたようにやさしかった。が、その同情的な調子がかえって気に障った。葉月はこみ上げてきた感情を取りこぼさないように、きつく奥歯をかみしめた。

うつむいた葉月のかたわらで、伊吹はつかの間沈黙した。しかし、そこで話を打ち切ったりはしなかった。ふたたび口を開いた。

「長く親しく馴染んできた習慣を捨てるのはつらいものだ。ある日、他とは違った考えを持ってしまったばかりに、まわりの人間に受け入れられなくなるのは淋しいことだ。

しかしおまえの望みは、この国の良きものを守ることなのだろう? ならば、他人の言葉などあてにせず、自分の頭でどうすべきか考えてみろ。そしてもし、何かに気づいたなら、勇敢にその道を進んでいけ。おまえは他人の道具ではない。生き方を指図するつもりはないが、心なき人間のためにみすみす無駄に死なせるのは、いかにも惜しい。どうせ何かに命を使うつもりがあるのなら、自分の良心に従って生きるのも悪くはないのではないかと思ってな。場合によっては、軍人として生きて死ぬより、よほど困難な道になるかもしれないが――」

葉月はすっかり混乱していた。こんなにも明確に、しかも、少しの手加減もなく自分を否定されるのは初めてだった。しかもあろうことか、それを言うのは境遇を共有し、最も身近な場所で生きてきたはずの人間なのだ。思いもかけない、兄の言葉だった。

裏切られたような気がした。

無性に腹が立った。口惜しくてたまらなかった。

「どうしてそんな話をするんですか。いまになって。僕は武家に生まれついた男子です。いまさら別の生き方なんてできない。まわりの期待を裏切れない。兄さんはどうしてそんなことを僕に……どうして」

「いまだからこそ、だよ。武官学校に入ってからでは遅すぎる。いまのところ、内地には戦の実態はほとんど伝わってきていないようだが、じっさいに前線に配備されてしまえばいよいよ後戻りがきかなくなる。事実、俺がそうだった」

「そんな――」

その続きを声にすることができなかった。のどに詰まった言葉は、熱っぽい痛みになって、たちまち目の奥に押し寄せた。

「どうした、久しぶりに兄と話して、子供がえりしたか？」

「茶化さないでください」

葉月は感情に火照《ほて》った顔を、乱暴に腕でこすった。

「兄さんはいつだってそんななんだ。不真面目で、常識がなくて、そのくせ、いつも人のことを子供扱いにして」

「するさ。ずっと息子みたいなものだと思ってきた。おかしいか？　おかしけりゃ笑っていいぞ。確かに妻さえ持たなかった俺が、おまえの親を名乗るのは、まったくもって図々しい」

言いながら、伊吹は自分で自分を笑ってみせた。

「そんなこと――」

兄の冗談口を、一緒に笑うことはできなかった。思いもかけず声が震えた。

そのとき、ひゅっと風切り音が鳴って、小さな光が虚空に飛んだ。空高く投げ上げられた赤い石――それは、ついさっきまで伊吹が手の内で弄んでいた、あの硝子玉に違いなかった。空の中程に寸刻とどまった硝子玉は、大気に満ちはじめた朝の光を集めて、夏日星《なつひぼし》さながらの輝きを放った。

炎のような赤。鋭いきらめきに、葉月は思わず目を細めた。赤い光は、そのまま大きな弧を描きって、川面のあたりで見えなくなった。不思議なことに、水音はしなかった。あるいは、あまりに些細なその音を、聞き逃しただけだったのだろうか。

あたりを、紗の幕のような静けさが覆っていた。川を流れる水音だけがひそやかに、絶え間なく続いていた。

葉月は光が射してくる方に視線を巡らせた。いつのまにか、川の向こうはずいぶん明るくなっていた。霧が晴れはじめた。葉月はだんだん鮮明になっていく河原の風景をぼんやりと眺めたあと、何気なくかたわらに視線を戻し――はっと息をのんだ。

そこに、誰もいなかったからである。

いつの間にか、兄の姿は消え失せて、どこにも見えなくなっていた。

葉月は信じられない思いで、あたりを見まわした。

――夢が、覚めたのか。

しかし、葉月は現実の戸外に立っていた。そのために、さっきまでの経験を、ぜんぶ夢だと言い切ってしまうことができなかった。どこまでがまぼろしで、どこまでがほんとうだったのか、判断をつけかねて、葉月はしばらくのあいだその場で呆然としていた。

――僕はいま、ほんとうに兄さんの亡霊に会っていたのだろうか。

とまどいながら、足もとに視線を落とした。そして、草叢に落ちた紙片を見つけた。

なんだろう、といぶかりながら拾い上げた。

無造作にふたつ折りにされた、それは帳面の切れ端だった。開いてみると、いくつかの数字が書きつけられていた。どこかで見たことのある並びだと思った。しばらく思案したあと、葉月はそれを見た場所を思い出した。金物屋の看板だ。

とたんに、頭のなかにかかっていた霧が晴れた。ほんのさっきまで、濃い靄の向こうに永遠に隠されてしまったかのように思えた、兄の亡霊を巡る謎は、朝の光の下であっけなく解けて、葉月の目の前に、虚《むな》しい真相をさらしていた。

早朝の土手の道を逆にたどって、葉月は帰路についた。最後の路地を曲がっても、もう例の香の匂いはしなかった。道の先に、勢津が立っていた。まるで葉月がこの時間に外から戻ってくるのを知っていたかのような手回しの良さだった。

しかし、葉月は母にその理由を問い質したりはしなかった。勢津が一連のペテンの協力者であるということは、すでに察しがついていた。ただひとこと、こう告げるにとどめた。

「いまさっき、兄さんに会ってきました」

予想どおり、勢津は少しも驚かなかった。あたりまえの、生きた人間の消息を聞いたときのような口ぶりで訊ねた。

「やはり姿を見せてくれたのですね。それで、伊吹は何と？」

「自分のことは自分で考えろ、ですって。それから母さんによろしくと頼まれました。安楽にやっているから、心配しなくていいそうです」

「そうですか」

勢津は、ほっと表情を緩ませながら微笑した。

ちょうど、すべきことを、無事になし終えた人がそうするように。

——そうだ、母さんは何もかも知っていたんだ。

今朝、僕に『亡くなった兄さんに会う』という『怪異』が起こることを。

僕が『兄さんの亡霊と話をする』ということを。

——これは手の込んだ茶番劇だ。

葉月はあらためてそのことを確信した。誰が何のために自分をペテンにかけたのか、確かめないわけにはいかなかった。

自室に戻った葉月は、すぐに机の引き出しを開けた。そこにしまってあった小刀を手に取った。しばらくそれを眺めていた葉月の目が、やがて忌々しげに細められた。

——間違いない。

買ったばかりのその小刀は、新品ではなかった。それはいつか失くしたはずの、兄の形見の小刀だったのである。

葉月はその足で、バスの停留所に向かった。

5

葉月が夜見坂金物店の硝子戸を荒々しく引き開けたとき、店主を自称する少年はちょうど、戸棚の整理をしているところだった。

「いらっしゃい」

梯子《はしご》の上から愛想を言った少年は、葉月の姿をみとめると、すぐにそこから降りてきた。

「今日はずいぶん早いんですね」

「なに、この間買った小刀のことでちょっと訊きたいことがあってね」

「ああ、折りたたみの小刀ですね。何か不都合でもありましたか?」

「使い勝手について話をしに来たわけじゃない。いったい何が目的なのか、訊きに来た」

だしぬけに詰め寄られて、夜見坂はきょとんとした。

「目的……ですか?」

「きみの家の人間なんだろう? 僕のところに『兄の亡霊』をよこしたのは。話が聞きたい。いますぐここに呼んでくれ」

夜見坂は首を振った。

「何度も言うようですけど、この店の主人はおれです。ついでに言うと、従業員はひとりも雇っていません」

「なら、もうきみでいい。答えろ。まじない屋のペテンなんだろう、あの亡霊は？」

葉月に問い詰められて、夜見坂はあっさりとそれを認めた。

「ご明察。どうしてわかったんですか」

葉月は夜見坂から言質《げんち》を取って、ようやく冷静になった。ひとまず息を整えてから言った。

「どうしても、こうしても、ああはっきり目に見えて、しかも長々と説教をたれていく亡霊がいるわけがないじゃないか」

「お言葉ですが、それはちょっとあやふやな根拠だな。あれが本物の亡霊じゃないって言い切ってしまうには」

「それだけじゃないさ」

言いながら、葉月はポケットから折りたたんだ紙片をとりだした。

「証拠はこれだよ。亡霊が消えた場所に落ちていた」

紙片をあらためた夜見坂は、そこに夜見坂金物店の電話番号を見出した。

夜見坂は紙片と葉月の顔を見比べたあと、小さく肩をすくめた。

「ああ、これはいけなかったな。上手の手から水が漏《も》るってやつだ。亡霊役をお願いしていた人が落としていったみたいです。これ。だけど、武官試験及第者の記憶力はさすがですね。こんな紙切れからあっさりここを割り出されるとは思わなかったな」

夜見坂は感心しきりにつぶやいた。それから興味津々《しんしん》といった体で訊ねた。

「ところで伊吹さんの亡霊ですけど……すぐにいんちきだって気づかれましたか」

「いいや、まったく気づけなかったよ。はじめは単なる夢だと思った。だけど、そのうちにこれは現実かもしれないと思いはじめた。亡霊というのはほんとうにいるものかもしれないと、てっきり信じかけたよ。おしまいのほうにはほんとうに兄と話をしているようなつもりになっていたくらいだ。

結局、騙されていたことに気づいたのは彼が消えてしまったあとでね、もしその紙切れを見つけなければ、いまでも気づけないままだったよ。きっと」

夜見坂はさもありなんというふうにうなずいた。

「そうでしょうね。彼はその道の名人ですから。お兄さんの亡霊であることを、少しもあなたに疑わせなかったはずです」

「ああ、そのとおりだ。信じられないことだが、あのときの僕には、兄その人のように見えた。しかし人間の認識力というのは案外あてにならないものだな。雰囲気にのまれて、すっかり勘違いをしてしまったみたいだ。生きている他人を、死んだ兄だと思い込んでしまうなんて、どうかしていた。じっさい、たいした上手だったよ。きみの雇った『その道の名人』とやらは。

あのとき、僕の注意は、彼の手のなかの硝子玉に始終引きつけられていた。おかげで、おしまいまで兄の顔をしっかりと確認せずじまいだ。川霧、草叢、晦日《みそか》まえの月。

何もかもがあいまいだった。彼が最後に姿を消すときもそうだった。大きな弧を描いて放擲《ほうてき》された硝子玉。自然とそちらに意識が引きつけられる。当然、他のことに関しては注意がおろそかになる。振り返ってみれば、彼は消えている。まるで奇術師さながらのやり口じゃないか。

大方、きみにこんなことを依頼したのは、僕の母なんだろう？　兄の亡霊なんてものを持ち出して、僕に軍人になることを思いとどまらせようとしたんだ。そういうつもりで考えると、いくらも心当たりがある。母は兄が死んでから少し様子が変だった。きっと心が弱って、利己的なことを考えたんだ。だから僕が自分から軍人の道を諦めるように仕向けようとした。反魂香なんてものまで持ち出して——何もかも、いんちきだ。失くした小刀がこの店にあったことにしたって、母がこっそり持ち出してきみに渡したのだとしたら、すべて納得がいく。きみが指図したのか？」

「何というか……だいたい、そのとおりです」

「なぜあの小刀が必要だった。まさか、またじきに僕に返すためじゃないだろう？」

「あなたがどんな人か、知りたかったんです」

夜見坂のはなはだわかりにくい答えに、葉月は眉をひそめた。

「僕を試したのか？」

「ええ、最後にちょっと確かめたいことがあったものですから」

「確かめたいこと？」

「小刀の元の持ち主――伊吹さんと、あなたとの関係です。あのとき、あなたはとても短いあいだに、数ある品物のなかから正確にご自分の小刀を選び取られましたね。小刀のほうでもあなたを覚えていたからでしょう。お互い引きあうみたいに品物に手を触れられた。あなたが小刀を巡るいろいろに、とても深い愛着を持っていた証拠です。

あれで大丈夫だって確認できたんです。自覚があろうとなかろうと、あなたは人の心の何たるかを知っている人だって。あなたは本心から人間を使い捨ての道具だと考えるような人ではありません。以前、あなたはご自分のことを、国を成り立たせるための道具だっておっしゃいましたけど、あれは嘘です。おれは誰がどんな思想を持とうと、他人に強要したり、巻き込んだりしないかぎりは当人の自由だと思っていますけれど、あなたはご自分の思想を本心ではけっして信じてはいない。なのに、心を偽《いつわ》って必要以上に理屈を優先させているから、魂と身体の分離が起こる。それ、行くべき道を誤りかけているっていう、深刻な警告です。そんなあなたのこと、依頼者はずいぶん心配されていましたよ」

「依頼者？　母のことか」

「いいえ。お母様とはまた、別の方です」

葉月はぽかんとした。やがて、その同じ顔に皮肉な笑みが浮かんだ。

「僕をくだらないペテンにかけるために、いったい何人の人間がかかわったのか、ぜひ知りたいものだな」

「そうですか？　よかったら、おひとり紹介できますよ。そうだ、これから一緒に出かけましょうか。この時間なら彼、仕事場にいるはずだから、確実に会えるはずです」

夜見坂はそんなふうにひとり決めしてしまうと、あえて葉月の意向を確認することもせず、さっさと外出の準備にとりかかった。


「円山《まるやま》さんっていうんです」

夜見坂が問題の人物の名前を明かしたところで、バスが急停車した。

吊り革につかまっていた乗客が、一斉に斜めになって、運転手が大声で駅の名を告げた。

「逢酒《おうさか》町！」

我先に降りようとする客と、その隙間をくぐって強引に乗りこもうとする客の間でもみくちゃにされながら、夜見坂と葉月はその駅でバスを降りた。外には繁華な街並みが広がっていた。店舗や事務所が立ち並んだ大通りを、荷車、自動車、自転車などが好き勝手に行き交っている。もちろん、人の往来もたいへんなものである。

　夜見坂は齢も身なりも様々な人の流れに乗って、さっさと歩きだした。葉月はあわててそのあとを追った。となりに並んで歩調を合わせた。自分が『兄の亡霊』に対面させられることになった経緯について、話の続きを聞くためだ。

「それで？　その、円山という男は何者なんだ」

「ああ、さっきの続きですね。ええと、円山さんはこの春まで伊吹さんと同じ部隊にいた人で、三月《みつき》ほど前に、負傷を理由に除隊されました。いまは、従軍前の職に復帰されています。伊吹さんと円山さん、おふたりの出会いはずいぶん運命的なものだったらしいですよ。奇遇にも、もともとの顔見知りだったとかで。そうとも知らず、わけあって元いた部隊から異動させられることになった円山さんを、伊吹さんがぜひにと望んで、ご自分の指揮する隊に招かれたとか――」

「それ、何の話だ」

「引き抜きです。演芸の」

「演芸？　兄の職場は演芸場じゃない。軍隊だったんだぞ」

「もちろん。わかっていますよ」

行く手に赤や黄色ののぼりが見えはじめた。芝居小屋、映画館、古道具屋、新旧の事物がごちゃまぜになって、ちょっと寄っていけとばかりに通行人に誘いをかけてくる。

娯楽施設の立ち並ぶ界隈にさしかかっていた。あたりの建物には、屋根といわず、壁といわず、節操もなく引き札が貼りつけられ、看板が掲げられていた。次の小屋にも、また次の小屋にも演目を記した幕が垂れ下がり、広告板が立てかけられている。

葉月はそこに記された独特の装飾文字をちらちらと眺めながら、歩を進めた。いつか兄と、こんなふうににぎやかな場所を歩いたことがあるのを思い出した。あれは、縁日だったのか、祭りだったのか。にぎやかな人出に心を躍らせながら、伊吹のあとをついて歩いた――過去の幻影が、うたかたのように心に浮かんで、消えた。

「着きましたよ」

だしぬけに腕をつかまれて、葉月はかたわらに夜見坂を顧《かえり》みた。

「着いたって……ここ、見世物小屋じゃないか」

「そうです。円山さん、応召《おうしょう》する前は講釈師だった人なんです。いまごろは、演目の真っ最中だろうから――」

言いながら、夜見坂はひょいと小屋の裏口に掛かった幕布を持ち上げた。

ちょうどそこで道具の手入れをしていた老人が、こちらをうかがうような視線をくれた。

「突然すみません。円山さんを訪ねてきたんですけれど、仕事が終わるまで、ここで待たせてもらっても、いいでしょうか？」

目当ての人物に会うのに、たいした時間はかからなかった。ふたりが待ちくたびれるより先に、円山は出番を終えて楽屋に戻ってきた。顔いっぱいに浮かべた汗を、さらし木綿の切れ端で拭《ぬぐ》いつつ、脱いだ衣装を衣桁《いこう》にかけた。さきほどの老人がきちんと話を通しておいてくれたらしく、まず、夜見坂の姿をみとめた彼は、顔全体で笑って会釈《えしやく》した。

「これは、これは、まじない屋の大将……」

それから、となりに座った少年に視線を移し、目を眇《すが》めた。そして、本気に驚いた顔をした。円山が叫んだ。

「おやまあ、こちらは……常盤少尉の弟君《おとうとぎみ》ですかえ?」

しかし、思いがけず自分の素性を言い当てられた葉月の驚きは、円山以上のものだった。男――円山は、いつかの行者だったのである。

「すみません、約束もなしに。ぜんぶばれちゃったんです。それで、彼、どうしてもあなたに会いたいって言うから、連れてきました」

そんなことは頼んだ覚えもない、といわんばかりに険悪に夜見坂を睨《にら》みつけた葉月に、円山はただただ、困惑の表情を見せた。

「ああ、そうですか」

大きく厚い手のひらで、円山は五分刈りにした自分の頭をぞろりとなでた。

「いやはや、亡くなったお方をあの世から引っ張り出してくるような、不遜《ふそん》な真似をいたしました。こうなると、悪趣味ないたずらだと責められても、仕方ありませんですなあ」

円山は言い訳をするでもなく、葉月に向き直ると、深々と頭を下げた。大の大人にまっすぐな謝意を向けられて、葉月は居心地悪そうに身じろぎをした。

「いいえ、それはいいんです、もう。騙されたことはいま思い返しても癪《しやく》ですけれど。あのときはほんとうに兄と話せたような気がして……ありがたかった」

「そうですか。そう言っていただけると、あたしも気が楽になります。いつかは坊っちゃんを、ずいぶん怒らせちまいましたが。まあ、あれも亡霊の存在を信じていただくのに必要な段取りだったもので。どうか、ご勘弁ください。

ついでに、香の代金として御母上から頂戴した金について申し開きさせていただきますと、あれはもう、古い小額紙幣で豪勢な厚みを持たせてあったわけでして、坊っちゃんがご心配になっていたような大金じゃあございませんので、どうぞご安心ください」

葉月はため息をついた。

「そうか……結局あれも、芝居の一部だったんですか」

「はい。ですが、ああいう前ふりは、あるとないでは大違いなのでして。人に何かを信じさせるには、ともあれ実地に『経験』していただくのが、いちばんの早道というもので」

「つまりは母も、あなたに騙されていたということですか」

「半分だけ。行者に化けて、あたしが反魂香なるものを御母上に売り込みました。もっとも筋書きを考えたのは、そこに座っている大将ですがね。まじない屋からの紹介だということで、あっさり信じていただけましたよ」

　葉月は首を振った。

「まじない屋というのは、やはりとんでもないペテン師なんだな。亡霊を呼び出すだの、それを生きている人間に会わせるだの。頭が痛くなる。

　それに、妙な話じゃありませんか。今回、兄の亡霊を呼び出すなんていう妙な仕事を、母とあなたが別々に、しかも偶然にも、ほぼ同時に夜見坂君に依頼したのだと聞きました。母はともかく、あんな芝居をして、あなたにどんな得があったっていうんです？

　勤務地で兄と一緒だったそうですが、その程度のつき合いの上官の弟に、ずいぶんな手間をかけたものだ。冗談や悪ふざけにしては念が入りすぎている。費用だって、それなりにかかるだろうし」

　言って、葉月はちらりと夜見坂のほうを顧みた。

「ふむ。それはねえ、坊っちゃん。ありていに言うと、あたしの自己満足なんですよ」

「あなたの、自己満足？」

「ええ、あたしはもう一度、あの人を弟君――あなたに会わせてやりたかったんです」

「でも兄は……」

「そう、死んじまったら、そんなことは不可能ですな。ですが、生きている側からすればそうじゃないので。その気になれば、死者にだって会える」

「ペテンを使って、ですか」

軽蔑をあからさまにして、葉月は円山に笑いかけた。が、円山はかえって身を乗り出しながら、真顔で言った。

「なに、ありゃあ方便ってもんですよ、坊っちゃん。あたしはね、生前のお兄上とはずいぶん親しくさせていただきました。ですから、ずいぶん立ち入った話もいたしました。そう、たとえば――」

言いかけた円山は、そこでふっと言葉を途切れさせ、またぞろりと頭をなでた。

「いや、何からお話しすればいいのか。あたしは語りを飯の種にはしておりますが、身の上話を語り起こすのには、からきし慣れておりませんで。まずは、あたし自身の昔話あたりからはじめましょうか。少々長くなりますが、ちょっとばかり聞き苦しいたぐいの浪花《なにわ》節《ぶし》だと思って、どうかご辛抱ください」

かすかにうなずいた葉月ににっこりと笑いかけた円山は、やがて自分の身の上を、つらつらと語りはじめた。

「あたしは貧農の四男として生まれました男で、六つで流しの芸人に弟子入りいたしました。楽な暮らしではありませんでしたが、山国育ちで身体の丈夫なのが取り柄でして、どうにか修業時代を乗りきりました。病気知らずというのは、庶民にとっちゃ、ひと財産なんですよ。以後、どうにか話し芸の道で糊口《ここう》をしのいで参りましたが、二年前に大陸で事変が起こったときに、さっそくお召しがかかりましてね。

あたしは今年で三十五になりますから、そのときは三十三、兵員になるには少々、薹《とう》が立っておりましたが、理屈からいえばまず、順当な成り行きでしたな。雑兵の調達にはやり方がありましてね、まずは縁故にも財力にも守られていない、居場所の確《しか》としている長男というのでもない、余計な人間から狙い撃ちにするんです。

いずれ徴兵の範囲を拡大していくにせよ、まずは文句の出にくいところから少しずつ攫《さら》っていく。俺は大丈夫だと高《たか》をくくっているうちに、いつの間にか自分の番がまわってくる。そのときになると、否《いな》とは言えなくなっているという寸法です。おかみのやり方はじつに、千年のむかしから変わりやしません。

そういうわけで、あたしは内地も今生の見納めと覚悟を決めて、輸送船に乗りました。お国のためやらなんやらは、考えておりませんでしたなあ。ただ、子供の時分から目上の人間にやれと言われることをやって、行けと言われるところに行って、食ってきたんです。小作人だったふた親と同じことです。そうする他に生きる道がなかった。最後に示された生きる道が戦場だったというのは、たいした皮肉ですがねえ。

兵員になりましても、はじめのうちは、比較的呑気な仕事をしておりました。いわゆる、後方支援部隊というやつですな。前線にいる部隊に、銃やら弾やらを補給するのが仕事でした。しかし敵にしてみれば、後方も前線も関係ありませんやね。そのうちに戦況がこじれてくると、そんな区別は何の意味もないものになりました。

　きりきり舞いさせられましたよ。なにしろ、相手にしているのは地元人なんですからね。ときを選ばず、どこからだって襲ってくるんです。払っても払っても切りがありません。はあ、こう言っては何だが、その際限のなさときたら、まるで蠅《はえ》退治のようで。

　ところで、兵員生活がはじまってじきに気づいたのですが、兵員ほど、その人間の持っている本性がむき出しになる職もありませんな。じっさい、ああいう仕事をしておりますとね、何かを省《かえり》みるっていうような余裕がなくなってくる。なにしろ、戦場では未来ってものがたいそう薄ぼんやりしたものになりますからね。考えることといったら、おおむね目先のことだけ、といったふうになります。飯の時間、交代の時間、出撃の時間、っていうふうで。なに、単にそれ以外のことを考えると怖くてやっていけなくなるからなんですよ。なにしろ、一歩進んだところに地獄が口を開けているところです。当然、おちおちなんぞしてはおられませんのです」

　円山は、かつて自分がいたその場所に思いを巡らせるように、暗いまなざしを伏せた。

　ひとつ、ため息をついた。

「明日を脅やかされている人間っていうのは、じつに物騒なものですよ。猜疑《さいぎ》心のかたまりになるか、無気力になるか。あるいは怒りのかたまりになります。自分を守る必要もあって、人間のいけない部分がむき出しになるんですなあ。言い聞かされていた中央大陸の平和維持なんていうご立派なお題目は、いつの間にやらどこかへ消し飛んでおりました。

敵を殺して、味方が死ぬのを目の当たりにして、憎悪は垂れ流しになります。とにかく、怖い。死に対する恐怖がそのまま敵に対する攻撃性にすり替わることもあれば、立場の弱い下級兵を陰険に虐待することで、自分を保とうとする者もいる。敵にだけじゃない、憎悪が生みだす暴力は、戦とは関係のない民間人や、果ては味方にさえ向けられるんです。

しかしだからといって、状況に疑問を持っちゃいけません。そんなことをしたら、おかしくなってしまう。しかし、少なくありませんでしたよ。そんなふうにだめになってしまう兵員も。どうしても環境になじめずに逃亡する者もありました。しかし、逃げる場所なんてどこにもないんです。そういう兵員は飢《う》えたあげくに捕まって、銃殺刑になるのがふつうでした。

あすこでは、人を殺せないやつは屑《くず》なんです。当然ですな。兵員はひとりでも多くの敵を殺すのが仕事です。皆、疲れと絶望のなかで、だんだんそれを『身につけて』いくんです。そうなるともう、なぜ自分がそこにいるのか、何のためにそうしているのかなどとは考えなくなる。死ぬまで引き金を引き続けるだけです」

「とすると、生きて帰国されたあなたは、そういう環境にうまく適応できたんでしょうか」

夜見坂が訊いた。

「いやあ、なかなか。あたしはこう見えて、流血が苦手な性質でしてね。しかしこれでも長年芸道に生きてきた身でして。要領ばかりは心得ておりましたので、せいぜい逃げ隠れして、鉄砲を撃つ段には、わざと狙いを外したりいたしましてね、ごまかしごまかしやっておりましたよ。とはいえ、なにせ軍というところは、すさんだ人間の製造装置みたいなところです。間もなくあたしの『許されざる』行状は、同じ班員の告発によってあきらかにされ、ついに『お白洲《しらす》』に引き出されることになりました。かくて、順当に最前線への転属命令を受けたわけです。

そこで、あたしは坊っちゃん、以前、寄席で顔なじみだったあなたのお兄上に、思いがけない再会を果たしたんです。あとになって、人伝てに聞きましたところでは、危うく銃殺刑になるところを、無理を通して拾ってくださったのだとか」

円山は、思わずといった様子で視線を上げた葉月の顔をじっと見つめながら、しみじみと少年の兄の名を口にした。

「常盤伊吹少尉。じつに、気の毒なくらい、軍人に向かないお方でしたな」

葉月はふたたびうつむいた。円山の人物評を否定できないことが悔しかった。つまり、この男は、兄はだめな軍人だったと言っているのだ。屈辱だった。

円山はそんな葉月の心情をすっかり察したように、微笑した。

「しかしね、坊っちゃん。あたしはあの人が好きでしたよ。誤解を恐れずに言っちまいますが、あたしの知っている、どの将校よりも立派だった。少尉は、通常人間扱いされることのない兵員を、末端の一兵卒に至るまで、心を持った人間扱いにしなさった。兵員は己を持たぬもの。その命の価値はハガキ一枚相当とうそぶく大臣のある世の中で、奇特……というより、奇矯《ききょう》なことでしたな。

作戦の立て方や、戦闘時の指揮のやり方も、異常でした。なにしろ、敵があらわれたら逃げろ、隠れろというのが少尉の定法でしたから。もちろん、少尉に言わせれば、大陸鎮護の大任を負った王の兵員を損なわないように慎重な用兵に徹している、ということになるのですが、まず、苦しい言い訳ですな。

そんな調子ですから、戦闘のないときなどはいたって呑気なもので、演芸会や相撲大会なんかが計画されることもたびたびでした。そんな事情で、あたしなんぞはずいぶん重宝していただきましたな。少尉の指揮する部隊に入るまでは想像もできなかった兵員生活でした。

軍ではふつう、上官の示威《じい》行為が盛んです。だから無駄に殴られたり、無意味な作業に酷使されたり、厳しく過酷に扱われるのが雑兵の運命でしたから、ありがたく思うのを通り越して、何だか異様な感じがいたしましたよ。

始終気を張り詰めておく必要がないものですから、暇にまかせて木彫りの細工物やら玩《おも》具《ちゃ》なんぞを作って、ものを売りに来た現地人の子供と遊んだりするような者もあらわれましたが、それについてもべつに何のお咎めもありませんでした。これも、あの人に言わせると、こういうことになるんです。

『兵員には何より休養が必要だ。余裕のない人間は判断を誤りがちなものだよ。ちゃんと寝て、食って。ものの役に立とうとするのなら、疲れすぎず、きちんと物事が考えられるようにしておかなければならんと俺は思うね』

ものの役に立つとはいいながら、あの人が真面目にやるのは、せいぜいが橋やら発電所を作るような土木作業と、現地人との交渉くらいのもので、あいかわらず戦闘にかけてはてんで不真面目でしたがね。

だいたい、兵員に余裕を与えようって考えが非常識なんです。むしろ、余裕を奪って破れかぶれに追い込んで、殺人機械に仕立て上げるのが造兵の常道というものでね。だって、ものを考えさせたりしたら、機械が人間に戻っちまうでしょうが。

いつでも攻略できる手ぬるい指揮官と敵に侮《あなど》られたものか、現地人が気楽に出入りしているせいか、あの人の部隊が配備された地域は何とはなしに緩衝《かんしょう》地帯化しがちだったそうですが、最後の部隊でもやはりそんなふうでした。あたしが思いますには、地元の責任者と利害をすり合わせて『戦をしているふり協定』でも結んでいたんじゃないでしょうか。いや、あの人ならやりかねませんよ。

とはいえ、やっていることは戦争です。所詮はつかの間の平穏でした。

破局が訪れるまでの数カ月、あたしはしばしば、少尉と組になって歩哨《ほしょう》に立ちました。あの人は、寄席好きのよしみで、あたしをよく話し相手にしてくださいました。ふたりでこそこそと芝居の話なんぞをしながら、極寒の長夜を過ごしたものです。

いまでも、はっきりと覚えておりますよ。大陸の、息も凍りつくような寒さ。降るような星空。少尉はいつでも軽い口調で、しばしばふざけ半分に話しなさった。

それにしても坊っちゃんのお兄上は、つくづく変わったお人でしたな。たとえば、軍の大陸進出についてはこんなことをおっしゃっていましたよ。

『干渉には、反抗がつきものだ。自分の家に、他人にずけずけと上がりこまれて黙っていられんのは人情として当然だろう。これまでこの土地にけっこうな資金をつぎ込んで、利権を保全してきた軍が、いまさら正義面をした同類にあれこれ指図をされて、我慢ならんというのはよくわかるが、これはあまり我が国に向いたやり方とは思えんな』

あげくに、敵の気持ちがわかるなんて言い出す始末です。だからあたしはこう言い返したものですよ。そうはいいましても、我が国にも我が国の利害があるのだから、やむを得ないのじゃないかとね。そうすると、こうです。

『だいたい、破壊行為の理由を、国やら家やらのためだなどと言い出すからおかしくなるんだ。戦を生業にしている都合で、もめごとがないと食うにも困る軍人や、荒稼ぎの機会を得ようとしている金持ち連中はともかく、庶民のうちに戦争なんぞしたいやつがいるとは思えん。いるならそいつは人ではないね。そもそも、支配者の椅子に誰が座ろうと、生活が安定していれば、大方の人間は文句もあるまい。何といっても人間に必要なのは、心身やすらかな生活だからな。無体な同国人なら、話のわかる外国人のほうがまだましというものだ。もっとも、同国人に期待できない慈悲を外国人にねだろうなどとは、さすがに無理に過ぎる相談だろうがね。

だから、祖国と国民のために働くのは、まったくやぶさかではないのだ。こんなでも俺は軍人だしな。武家に生まれたからには、君主に生命を捧げる覚悟もできている。だがなあ、円山二等兵。俺はときどき思うんだよ。我々は何か決定的な間違いをおかしているんじゃないか、何かとんでもない妖物にとり憑かれているのに、そのことにまったく気づけていないのではないかとね、怖くなるときがある』

我々は皆、大狸《おおだぬき》に化かされて、こんなところまで大挙して出張ってきたのかもしれませんな――あたしは冗談で返しましたが、そのときに限って少尉は真面目な顔を崩さなかった。

『まったくだ。生まれつき約束されていた職分だとはいえ、やりたくないことをやれと強いられるのは不愉快でかなわん。俺は人殺しは好かないんだ。敵だの味方だの、むやみに線引きするものだから、憎くもない人間を殺さなければならなくなる。余計な恨みを買わなければいけなくなる。これのどのあたりに国益があるのか、ぜひ、関係者に訊いてみたいものだね』

少尉はそう言って、外套《がいとう》の腰に帯びた刀を抜きました。長い刀身が星明かりを集めて、朔日《さくじつ》直後の月のように、白く闇に浮かびあがった。ぞっとするような妖《あや》しさでした。

『ほんの七十年のむかしまでは、こいつは権力の象徴だった。まったく、きれいなものだ。ぞくぞくするね。うっかり自分が常人以上のものになったと勘違いして、こいつを振り回した馬鹿が大勢いたというのも、うなずける話だ』

つぶやいた少尉の横顔にさした暗い影。その美しさにあたしは震えました。麗《うるわ》しい理想がときに、その主人を殺すことをよく承知していたからです。

ありゃあ、いかんと思いましたよ。少尉は率直すぎる。しかも、ものを考えるお方だ。最前も申しましたが、戦場でものを考えると、正気が保てなくなります。

あたしが思いますところ、あのお人は、余計ごとを考えすぎたのでしょうな。あたしは学のない人間なもので、少尉の主義者がかった言い分にはどうにも得心のいかないところがありましたが、そのくせ、その同じ心の半分で同時にうなずいてもおりましたので。納得できないながらに、少尉の口にされる言葉は、ずいぶん耳に心地よく響きました。

少尉が亡くなったのは、それからふた月とたたない、三月の末のことでした。やはり厳寒の夜、哨戒《しょうかい》中の兵士が、野営地から数キロ離れた地点で少尉の遺体を発見しました。刀で自身を切り裂いての……ご自害でした」

葉月が息をのむ気配に、円山はふたたびまなざしを伏せた。低い声で続けた。

「そういう事情で、少尉は亡くなってなお、懲罰《ちょうばつ》を受ける身の上となられました。王の財産であるところの将兵の身体を故意に破損したかどでの、罪人として扱われることになったのです。埋葬はまかりならん、遺品も遺族に返すに及ばずとのお達しがありました。罪人の骸《むくろ》は、野ざらしに処すべし、というわけです。ご改新前と、なんら変わらんようなやり方でございましたな。仮にも自国の兵員として出征してきた人間を、野ざらしに捨て置けとは、お偉い方々の懐古趣味にはあきれたものです。

ところで少尉の自死の理由は、じきにあきらかになりました。机の引き出しに、転属命令が残されておりましたので、さてはこれが原因かと皆で合点いたしました」

「そんなことで……」

唇をかみしめた葉月に、円山は首を振ってみせた。

「ただの転属命令じゃありません。新たな職務は市街攻略部隊の小隊長、反抗者への報復――虐殺を主な任務とする、悪名高き特殊部隊の現場指揮官職への異動を命じる文書でした。おそらく、少尉にとっては死ぬよりつらい職務になるだろうと思われました。

大方、あれは、辞令の形をした死刑宣告みたいなものだったのでしょうな。少尉のやり方を快《こころよ》く思わない人間が射かけた、悪意に満ちた毒の矢だったのでしょう。とはいえ、いつかはこんなことになるだろうと、多くの人間が予想していたことではありました。

はたして少尉が亡くなったあと、後任として赴任された大尉殿は、前任者とはうって変わって、軍人の鑑《かがみ》のようなお方でありました。軍での出世にも、それなりの野心を持っておられたようで。まず、そのせいで無理な用兵をしがちなお人でもありましたな。けだし、野心は人を不注意にするもの。おしまいには深追いが過ぎて、まんまと敵の罠に落ちこんでしまった。

山間の隘路《あいろ》に追い込まれたところで、部隊は頭から銃弾の雨を浴びました。作戦に参加した兵員はひとりも助からなかった。なのに、信じられんような幸運もあったものです。最初の砲撃で吹き飛ばされたおかげで、あたしだけが難を逃れましてね。二日後に偶然通りかかった顔見知りの現地人に助けられた。おかげで腕を一本失くしただけで、帰国することができました」

円山は笑って、着物の片方の袖を引き上げた。肘《ひじ》から先だけがそれらしく作られた不格好な義手が、にょっきりと顔を出した。

「何はともあれ、こうして生きて戻ってこられたのは、少尉の人徳のおかげだと思っております。この上はせめて形だけでもいい、少尉の望みをかなえてさしあげたいと、まじない屋を頼りました。あの人の最後の望みだったんですよ。もういちど坊っちゃんに会って、話をすることが」

「それで、夜見坂君に……」

つぶやいた葉月に、円山はきまりの悪そうな笑顔を見せた。

「ええ、はじめは口寄せを頼むつもりでした。ついでに、憑代《よりしろ》になる人の口を借りて、お兄上の亡くなった理由もお伝えできればと思っておりました。不祥事《ふしょうじ》ということで、軍規で口外を禁じられておりますことも、亡霊が話すことまではどうこう言えるものじゃありませんでしょう？

そこで、まじない屋の大将に相談しているうちに、どうせやるのだったら、出来の良い演目にしようじゃないかという話になったんですな。きちんと姿かたちを持った『亡霊』を、坊っちゃんに会わせてさしあげようという段取りになったわけです。

下準備として、常盤少尉についてあたしの知っている限りのことをお話ししました。そう、仕草や話し方なんかもね。その道の『役者』を手配してくれたのは、まじない屋の大将で……だけど、そうか、ばれっちまいましたか」

円山は、客にタネを見破られた奇術師さながら、情けなさそうな顔で笑った。

外に出ると、あたりの景色は夕暮れの色に染まっていた。雑踏する薄暮の通りを、力任せに人波をかきわけながら、わき目もふらずに葉月は進んだ。

固く唇を結んだまま異常な早足で歩く葉月に、夜見坂は後ろからつけつけと話しかけた。

「大丈夫ですか、葉月さん。もし、いまにも泣いてしまいそうだっていうんなら、とりあえずおれ、どこかにいなくなりますけど」

葉月はキッと眉を吊り上げて夜見坂を振り返った。

「泣く？　馬鹿を言うな。僕はいま、腹が立って仕様がないんだ。あの男は親切ごかしに、僕に、兄のとんでもない不始末を告げただけじゃないか」

「べつにそういうわけじゃないと思いますけど。あの人はたぶん、少尉さんが好きだったから、単純に彼の望みをかなえてあげようとしただけなんじゃないでしょうか」

「きみもなのか？」

葉月はだしぬけに足を止めて、夜見坂に向き直った。

「兄に同情しているんだろう。寄ってたかって、兄の軟弱ぶりを憐れんでいるんだろう？」

「憐れむですって？　おかしなことを言う人だな。お兄さんのどこが軟弱だっていうんですか」

「命令を拒否して自ら命を絶つなんて……僕は心底、兄を軽蔑する」

「ほんとうに？　おれには、伊吹さんはずいぶん勇敢な選択をしたように思えますけれど。べつに自殺をいいことだなんて言うつもりはありませんけど、軍人が自分の良心に従って、命令にはっきり否を示すことなんて、ふつうはなかなかできることじゃないです。横暴への不服従っていうのは、とても強い人にしか使えない方法です。長生きをすることはできなかったけれど、伊吹さんはやっぱり、ご自分の人生をまっとうして亡くなられたんだと思います」

「人生をまっとうしただって？　兄の死は、無意味この上ないものだよ。兄が仕事を拒めば、また別の誰かがそれをやるだけだ。兄はみっともなく責任を回避することによって自身を貶《おとし》めただけじゃない、これまで国に忠実に奉公してきた一族の誇りを傷つけたんだ」

言い捨てて、また歩きはじめた葉月のあとを、夜見坂はあわてて追いかけた。

「ずいぶんな言われようだな。何かを心底信じている人って一面、とても健気で可憐ですけど、融通のきかないのだけは考えものだな」

夜見坂はとなりに追いついて歩きながら、葉月の顔をのぞき込んだ。

「だけどこのさい、よく考えてみてください。怖がらずに」

夜見坂の、怖がる、というひとことがだめ押しのように葉月の神経を傷つけた。

ほとんど憎悪に近い敵意を抱きながら、葉月は夜見坂を睨みつけた。

「僕は、何も怖がってなんかいない」

「だって、人が怒るのは、たいていはとても怖がっているときですよ。強い感情は等しく、その底に恐怖を隠し持っています。要注意。恐怖は人をあっという間に破滅に向かわせる不穏な力です。人はもっと、自分の感情に注意深くあるべきなんだ」

「くだらない話は聞きたくない」

「いいえ、聞いてもらわないと困ります。これも引き受けた仕事の一部ですから」

夜見坂の言いぐさに、葉月は眉をひそめた。

「それにしても、軍人さんっていうのはすごい職業ですね。たったひとつしかない命を惜しげもなくなげうって、国家に尽くそうだなんて。過酷な苦しみに耐え、全体の幸福のために命を捧げる。まるで聖人のようです。だけど、聖人とは決定的に違っているんだ。軍人さんは、彼らみたいに肝心なこと——何のためにそれをするか、なんてことは、考えないんですね」

「王の命令に従うのが僕たちの使命だ——崇高《すうこう》な理念のために役に立てるなら本望だ」

「崇高な理念って何ですか？」

「それを考えるのは、僕たちの役割じゃない」

「自分の生き死にがかかったことなのに、ずいぶんあっさりしているんだな」

夜見坂はつかの間、考え込むように沈黙した。

やがて、顔を上げた。

「なんだか重要なのは、所属する団体に認められることだけっていったふうですね。破壊活動に脇目もふらず邁進《まいしん》している人ってきっと、自分が何をしているかわかっていないんだ。だから『所属のため、正義のため』なんて呪文ひとつで何でもできるんだ。生きた人間を殺すことも、自分の良心を殺すことも。

仕方がないんでしょうね。葉月さんはずっと兵員教育を受けてきた人なんだもの。そういう場所じゃ、無知で強健な人間は手放しで歓迎される。なにしろ、あたりまえじゃないことをあたりまえと思わせて実行させることにこそ、この種の集団の威力の源泉があるんですから。相手を血まみれにして屈服させるのが常套《じょうとう》とされる世界。そこでは暴力は唯一にして最上の価値として、臆面もなく賛美される」

「きみは力を害悪のように言うんだな。少しは自分が何に守られているか考えてみることだ」

「現世を生きることと、暴力は切り離せないってことくらい、おれだって承知しています。泥棒がいる限り警察は必要だし、襲いかかってくる暴漢を前にして、無抵抗でいるわけにはいきませんもの。さし向けられた暴力に即時に対抗しうる力はふつう、暴力だけですし。だけどそれ以上の——我意《がい》を通すための暴力となると、話は別です。なかでも戦争という名の暴力は大規模かつ、冷徹という点で最悪です。人の心に深く、長く恨みを残す。膨れ上がった憎悪を恐るべき速さで拡散させる、最強の呪詛《じゅそ》のひとつです。誰もが共有する現世という環境を、後戻りのきかない形で汚染する。

この種の呪いは、目には見えません。だけど確実に存在します。ここでお見せできないのはかえってさいわいというくらいのものですけど、機会を得れば実体化だってしてします。百年だって、千年だって、消えずに残って、復活の時機を待つ。

じっさいのところ、暴力ではかられた『解決』って、とんでもない負債なんです。ちっともいい方法なんかじゃない。世間の人は――ことに軍関係の人は、やらないよりもやって後悔するほうがまし、なんて言い方をよくされますけど、あきらかにやらないほうがいいことってあるものです。ちょうど、法外な利息が設定された貸付金に手を出すようなものだな。悪徳金融業者の目的って、貸したお金を返してもらうことじゃないんですよ。最終的に、地所なり、家なり、人間なり、それ自体をそっくりお金に変えて、悪い魔法使いみたいに金庫に取り込んでしまう魂胆《こんたん》なんです。この手の商人の容赦のなさときたら、地獄の鬼もそこのけの徹底ぶりです。

いろいろ事情もおありだとは思いますけれど、家計は『有り物で工夫』が基本です。危険な貸付金を利用される前に、もう少しましな方法がないか、このさい、真剣に考えてみられてはいかがでしょうか」

夜見坂は、はなはだわかりにくい譬《たと》えで、しかし散々葉月の神経を逆なでしたあげく、さらに無遠慮この上ない提案をつけ加えて、唐突に話を締めくくった。

それまで口を挟む隙さえ与えられず、その結果として一方的に夜見坂の話を聞かされていた葉月は、ようやく巡ってきた発言の機会を、忌々しい思いでつかまえた。

「恐れ入ったね。じつに、吐き気のするような最終弁論だった。つまるところ今回の件は、僕を反戦主義者に洗脳するための、いんちき芝居だったということか」

夜見坂が、心外そうな顔を葉月に向けた。

「洗脳だなんて、それはあんまりな言われようだな。あれって、本人の都合と希望をまったく無視した非人道的な操作でしょう？　飢えさせる、眠らせない、痛めつける、とにかく頭のなかを強制的に漂白したあとで、そこに任意の情報を、これまた乱暴に流し込むんだ。当然ながら、そのさい、人としての尊厳は完全に無視される。まったく、そんなのと一緒にされちゃかなわないな。断然不愉快です。

それに、使った手段がほんの少しいんちきだったのは認めますけれど、お兄さんの遺志ばかりはほんとうのことですよ。おれが保証します。残念ながら、あなたが話した伊吹さんは本物ではなかったけれど……それでもやっぱり、本物だったんだ」

「いいや、違うな。さっきの話ではっきりしたばかりじゃないか。きみたちは僕を騙した」

「騙したわけじゃありません。おれたちはあなたに『選択の材料』を提供しただけです。そうだな、少し変わった見世物をご覧になったとでも思ってください」

そこで夜見坂は、わざとらしくも大袈裟《おおげさ》な声色《こわいろ》を使って、劇場主の口上を真似てみせた。

「このたびは、当店演出の幽霊芝居をご観覧いただき、ありがとうございました。感動は胸の内に。解釈はご随意に。お客様の明日のお役に立てたなら、この上もなき光栄です」

そんな夜見坂の臆面《おくめん》もない開き直りぶりは、思いがけず、葉月の高ぶった感情を宥《なだ》めるのに一定の効果を発揮した。

何だか、まともに相手をしているのがばかばかしくなってきたのである。

「だけどほんとうのところ、あなたのお母様の想いも、円山さんの体験談も、おれの話にしたって、各々の個人的な物語の、ほんの断片にすぎません。ある人間の目を通して見る、現実。主観的事実。それが正しいかどうかなんて、まったく保証の限りじゃありませんし。だけどこれから道を選ぼうとする人には、判断材料は少しでも多くあったほうがいいでしょう？　視点の数が増えればきっと、現状をよりよく知ることができる。いくらかでも真実に近づけるというものです。たとえそれが、絶望的に遠いところにあるのだとしても。もちろん、今回のことから何をくみ取ろうと、くみ取るまいと、それはあなたの自由です。どうしても軍人として立ちたいというのなら、その信条を強いてねじ曲げるつもりはありません。だけど、正直なところ、葉月さんは軍人にはぜんぜん向かないと思うな」

「どうして」

ずけずけと言われて気を悪くしながらも、葉月は訊ねた。

「だって、葉月さん、外面は違っても、中身は伊吹さんによく似ておられるから」

——兄を、知っているのか？

訊ねようとしたところで、話はそれきりになった。ぽつぽつと街灯のともりはじめた夕暮れの通りに、前照灯をともしたバスが近づいてきたからである。付近の音はすべからく、バスが通行人を追い払うクラクションの激しい騒音によってかき消された。

6

闇を深めていく夜の通りに、黄色い明かりをともしたバスが、ひっそりと停車した。

「元待町」

運転手が言い、夜見坂はバスを降りた。それから、路肩に落ちた淡い光のなかに立って、窓を見上げた。もう少し先まで行く葉月にむかって、愛想よく手を振った。

しかし、窓際の席に座った葉月は、それには応えなかった。頑《かたく》なに口をつぐんだまま、前を向いて、表情を動かす気配もなかった。

扉が閉じた。ブレーキが解かれ、ゆっくりとタイヤが動き出す。四角い窓枠に切りとられた葉月の横顔が、後ろ姿に変わっていく。

その、間際だった。

夜見坂は、窓辺にそっと差し上げられた彼の片手を見た。それはとてもひかえめに表現されたあいさつ——しぶしぶながらに示された、葉月の返礼に違いなかった。

夜見坂の頰に、明るい笑みがこぼれた。何であれ、観客の見せてくれる反応というものは、劇作家をすこぶるしあわせな気持ちにさせてくれるのであった。

家までの道のりを、夜見坂はゆっくりと歩いた。どの家も、店も、きちんと戸締まりを済ませて、通りには人どころか犬猫一匹の姿もない。街灯の光が電柱のてっぺんからこぼれて、からっぽの路上のところどころに、ぼんやりとした光と影の水たまりを作っていた。

ほんの三月ほど前までは、薄桃色の花を枝いっぱいにたくわえていた界隈の桜の木も、濃い緑の葉を幾重にも繁らせて、大きな樹冠を夜空に黒々と浮かびあがらせていた。

常盤勢津が夜見坂金物店を訪れたのは、ここの桜の木がすっかり花を散らして、新緑に装いを新たにしはじめる頃だった。

きちんとした身なりで、それでいて、お供も連れずに店先にあらわれた彼女は、対応に出た夜見坂にただ黙ってお辞儀をした。そうした立ち居振る舞いから、武家の奥方らしいとすぐに察しがついた。彼女は、奥の八畳間に通されて初めて、口を開いた。

「亡くなった息子の霊を呼び出していただくことは、可能でございましょうか」

だしぬけの問いかけに、夜見坂は丁寧に返事をした。

「できる場合と、できない場合があります。死後の状態はほんとうに人それぞれなので。だから試してみないと確かなところはわかりません。ですが——」

「それでは……」

勢津が顔を上げた。夜見坂の話を途中でさえぎって、さらに問いを重ねた。

「場合によっては、会うことができるかもしれないのですね。息子に」

希望に瞳を輝かせた勢津に、しかし夜見坂は申し訳なさそうに言った。

「いいえ、それは無理です。たとえ呼び出しがうまくいっても、亡くなった人に『会う』ことはできません」

「どうしてです？」

「ふつうの人の目や耳では、亡霊の存在を知覚することができないからです。せっかく死者の霊に来てもらっていても、気配すら感じることができないというんじゃ、じっさいのところ、いないのと同じことになってしまいます」

夜見坂の説明を聞いて、勢津はひどくがっかりとした様子を見せた。気落ちする勢津の気持ちをとりなすように、夜見坂が水を向けた。

「あたりまえのことをわざわざおうかがいするようで恐縮ですが、ご子息に何か心残りがおありなんですね」

勢津はうなずいた。

「息子は軍人でした。この春、大陸で命を落としました。ですが、それは戦での死ではなかったというのです。といって、理由は最後まで明かされることがなく、それどころか、どれほどお願いしても遺品のひとつすら戻していただけませんでした。

当家は、長く続いた武門の家柄です。わたしも母よりそれなりのしつけを受けてまいりました。ですから一族の生き方に疑問を持ったことはただの一度もありませんでした。けれどそのとき、ふと思ったんです。あんまりじゃないか、って。

分不相応な考えだと、不遜でわがままな感情だと、何度も頭から追い払おうとしました。でも、できませんでした。どうしても納得できなかったのです。伊吹はなぜ死んだのか。このような扱いを受けなければならないのは、どうしてなのか。もし、あの子に心残りがあるのなら、せめてそれを聞いてやりたいのです」

「だからご子息の霊に直接会いたいとお考えになったんですね」

勢津はまたうなずいた。

「そういうことなら、一応試してみましょうか。だめもとで亡霊を呼び出して、うまくいったら、こちらで彼自身に亡くなった経緯を確かめてみます」

「でも、それは……」

「ご心配なく。どういうわけか、おれはそっち方面の感覚には、ふつうの人より恵まれているんです。ちょっとした道具を使えば、亡くなった人の声を聞くことだってできます。だからもし、ご子息を呼び出すことにさえ成功したら、お話、きっとうかがえると思います。さすがに直接会わせてさしあげることはできませんけど、うまくいったら、きちんと伝言をお預かりしておきます」

頼もしいのか、頼りないのか、よくわからない請け合い方をした夜見坂に、勢津はようやく緊張に強張《こわば》った口許をほころばせた。

見えざる存在を感知できる人間が、呼びだした亡者の言葉を、生きている人間にも聞こえるように工夫してみせる。まじない屋では定番の、いわゆる口寄せの技術である。多くのまじない屋はこれを、霊媒《れいばい》を使って、依頼者の目の前でやるが、じつはこの種の儀式の大半は、依頼者を慰めるための演劇である。

なぜなら、本物の死者は、そうそう気安く呼び出しに応じてやってきてくれるものではないからである。そもそも死者にとっては、生前と同質の精神を保持することがひどく困難なことらしく、『生きていた頃そのまま』の状態を確保していること自体、稀《まれ》なのである。

したがって、それを保ち続けている亡霊――生者の呼び出しにまがりなりにも応じうる死者というのは、どのような方向にであれ、現世に強い執着を抱いていることが、必須の条件になる。

つまり、亡霊というものは、現世に残してきた何かへの恨みか、心残りの力で、生前の人格、風体を保つのである。現世に未練を残していてこその、亡霊なのである。そのため、亡霊を『出現』させるためには、いくつかの条件を満たすことがどうしても必要になった。

まず第一に肝心なことは、前述のとおり、死者自身が現世に強く心を残していることである。第二に、死者と、彼との会合を望む生者、両者のあいだに、想念を通わせるための通路が存在していること。そして第三に、生者の側が、あらわれた亡霊をそれと認識するための、能力を備えていること——以上の三つである。

どれも簡単な条件ではないが、通常、最後のひとつがとてつもなく高い壁になった。生者が姿形を備えた死者に会見するということは、かくも難しく、世にありがたいことなのである。

もっとも、夜見坂はふつうの人間とは少々体質を異にしていたために、二番目と三番目の条件は端折《はしよ》ることができた。亡霊が呼び出しに応じてくれさえすれば、伝言を預かることくらいはできそうだった。

勢津の依頼を受けて、夜見坂はその日の夕方からさっそく、亡霊呼び出しの準備にとりかかった。隠《かく》り世《よ》からの客を迎えるにあたって、まずは、双方に都合の良い日取りを決める必要があった。

夜見坂金物店に第二の依頼者があらわれたのは、その、矢先のことであった。

店先に朗々と響いた客の呼び声に、夜見坂は道具を探すためにもぐりこんでいた納戸から、急いで這《は》い出した。

店のなかに立っていたのは、木綿の単衣《ひとえ》に紺袴《こんばかま》という、いくぶん古風な風体の男であった。が、顔つきを見れば、これといって特徴のない人物である。

ただし、声だけは特別だった。夜見坂が出て行くと、男はその別格に印象的な声で、そのくせ、八百屋で大根を一本求めるような気軽な調子で、用件を口にした。

「まじないをひとつ頼みたいのだが、あるじ殿を呼んでくれんかね」

「はい」

夜見坂は元気よく対応した。

男はけげんな顔をした。夜見坂が返事だけをして、いつまでもその場から動かなかったからである。しかし、男は案外のみこみの良い人間だったらしく、やがて訊いた。

「ひょっとして、坊っちゃんが、この店のあるじ殿かい？」

「そうです」

男はふうと息を吐いて、五分刈りにした自分の頭をぞろりとなでた。

「仕事仲間に紹介してもらったんですがね……そいつによると、たいした術者だとの触れ込みだったんだが、どうも妙な具合だな。元待町、夜見坂金物店の凄腕《すごうで》まじない屋――ほんとうに、坊っちゃんで間違っていやしないかね」

夜見坂は目をしばたたいた。

「その人がおっしゃったの、先代のことかもしれません。でも大丈夫です。おれ、先代の次くらいの腕はありますから」

　夜見坂の返答に、男は笑いだした。

「そりゃあ、気丈夫だ。それに、ずいぶんいい心がけだ。エンターテイナーは、はったりが命だからねえ」

「はったりなんかじゃありません」

「まあ、いいや。大将、ここで顔を合わせたのも何かの縁だ。せっかくだから、話だけでも聞いてもらいましょうかね」

　男は、ひょいと上がり框《がまち》に腰をかけた。

　それが、円山だった。

　円山は着物の袂《たもと》から、一冊の手帳を取り出した。一度濡れたのを乾かしたものとみえて、厚みが二倍近くになっていた。

「これは、外地で亡くなられた、あるお方の遺品なんですがね、」

　円山は夜見坂に手帳を差し出した。受け取った夜見坂は、なかを開いて見たものの、ほとんどインクの染みの重なりと化してしまった文章を、判読することはできなかった。

「なにしろ人目を忍んで持ち出した品物だったもので、肌身離さずにおりましたが、帰国の途中で散々雨に祟《たた》られましてね。とうとうこんなふうになってしまいました。

　もっとも子細あって、ご遺族にお返しするわけにはいかん品物です。そんな事情ですので、あらかじめ中身はあらためさせていただいておりましたから、書いてあったことは大方、この頭のなかに入っております。こう見えて商売柄、暗記は得意なほうでして。

　年の離れた弟君への私信のような書きつけでございましてね。話しかけるみたいに、問いかけるみたいに、思うところが綴《つづ》ってございました。おしまいに、直接会って話がしたかったなんて書いてありましてね。そのくだりにさしかかったとき、あたしはぜひともその願いをかなえてさしあげたいなんて気を起こしましたわけで。

　ですからねえ、心残りにもお骨のひとかけらさえ帰国のかなわなかったそのお方の願いをかなえるために、そちらで亡霊をひとつ、用意していただきたいんでございますよ」

　ようするに、適当な詐術《さじゅつ》を使って、死者の弟の目の前に、その兄の亡霊を出現させてやってほしいというのが、円山の依頼なのだった。

　しかし、ごまかしの兄の亡霊を作って、その弟に示してみせたところで、めでたく兄を弟に会わせたことになるのかというと、大いに疑問の残るところである。夜見坂がそんなふうに訊ねると、円山は平然と答えた。

「大将、亡霊ってのはね、生きている人間がいるって思えばいるんですよ。弟君がお兄上に会ったと思えば、会ったことになるんです」

　彼はいたって現実的な男であった。

　さて、さらに詳しい話が続くうちに、やがて『あるお方』の姓名があきらかになった。

当然のように持ち出された常盤伊吹の名を聞いて、夜見坂はふたたび目をしばたたいた。

驚くような巡り合わせもあったものだった。同じ人物をめぐって、数時間の違いで同じような依頼を受けるなど、ちょっとありえない偶然である。

が、もちろんそれは偶然などではなかった。常盤夫人と、円山。ふたりが同じ人物に『影響』されているらしいことに、夜見坂はほどなく気がついた。

円山が話を終えたところで、物音もたてずに店に入ってきたその人物に、夜見坂の視線は釘づけになった。暇《いとま》を告げる円山の背後に立って、にっこりと微笑んだ新たな訪問者。

彼こそが、三人目の依頼者であった。


人通りの絶えた夜道を歩ききって、愛《いと》しの我が家に帰り着いた夜見坂は、今日に限って、家に入るために表戸を使わなかった。建物の裏手にまわって、路地と裏庭を隔てる木戸を通り抜け、勝手口に近づいた。

夜露に濡れた草を踏んで、夜見坂は軒下《のきした》に立った。ポケットからマッチを取り出して、擦《こす》りつける。手もとにともったオレンジ色の炎を、吊り下げてあった香炉に移してから、それを手に取った。家の外壁に作りつけられた梯子段を登っていく。

片手に提げた香炉から、細く煙が上がりはじめた。

物干し台の上に出た。見上げた夜空に、月は出ていなかった。

星月夜だ。

ふたたび視線を下げた夜見坂の目前に、ひとりの青年が立っていた。

白い開襟シャツに、灰色のズボン。三十歳足らずと思しきその若者は、夜見坂の提げた香炉から流れ出した煙の向こうで、所在なさげに物干し台の手すりによりかかっていた。

彼は上り口に夜見坂の姿をみとめると、白いおもてに人なつこい微笑を浮かべた。

「一応、やるだけやってみましたけれど。あれで、よかったんでしょうか」

首をかしげた夜見坂に、青年は力強くうなずいてみせた。

「上出来だよ。申し分なしだ」

手放しの賛辞を贈られて、夜見坂は照れくさそうにつぶやいた。

「相手を褒めるのに臆面のない人って、いいものだな」

「もうじきに、人の姿形はしていられなくなりそうだけどね」

青年はことさらに軽い口調で言った。

「すっかり心残りがなくなったからですか？」

「ああ。言いたいことは言った。これで心おきなく気を散らすことができるようになった」

「そうですか。だけど、亡霊になってまで、まじないの依頼にいらっしゃった方を見たのは、おれ、初めてでした。先代なら、何度か経験していたかもしれないけれど。

だから、初めて店にいらしたときは、ずいぶん驚きました。呼び出す前から、当の亡霊の方《かた》が、すまし顔で依頼者の後ろに立っておられるんだもの」

「きみがとても目のいい術者だったんで、助かったよ。店に入っていくなり視線がぶつかったから、きみには俺の姿が見えているのだとすぐにわかった」

「見るほうは、得意なんです。でも声を聞くのには、やっぱりこの香の力が必要なんだ」

夜見坂は手にした香炉に視線を落とした。

「目がいいだけでもたいした素質だよ。おかげで、滞《とどこお》りなく依頼を引き受けてもらえた」

「葉月さんと話をしたい、というご依頼でしたね。そのために、お母様と円山さんに暗示を与えて、うちに導いていらしたんですね。小刀と手帳の縁を利用して」

青年がうなずいた。

「そう。亡霊がこの世で何かをしようと思えば、どうしても生者の助けが必要になるからな。さいわい、俺を想ってくれている人間に対してだけは、ささやかな影響を及ぼすことができた。何かをふと思い出させたり、思いつかせたり。できることといっても、そのくらいがせいぜいだったが。とにかく、道具がいい仲介役になってくれて、助かった」

「人によく愛された品物は、精霊《しょうりょう》の器になります。ときにはしかるべき人の縁を取り持ってくれる」

「そのようだな。ところで、実際に体験してみて初めて知ったが、亡霊というやつは、とことん非力なものだな。まぼろしの礫《つぶて》や硝子玉は扱えても、実体のある物質には、みじんの影響も及ぼせない。なにしろ紙切れ一枚持ち歩くことができないというのだから、閉口する。おかげで弟との面会場所を去るときは、すこぶる落ち着かなかったよ。きみが草叢に忍ばせておいてくれた紙切れを、首尾よく見つけてくれるだろうかと気がかりでね」

「紙切れを見つけて、おれを疑い、すべては仕組まれた芝居だったと気づく。亡霊には会ったけど、それは本物じゃなかった——そんなふうに、葉月さんに思い込ませる計画でしたね。だけど、葉月さんがあそこまで筋書きどおりに行動してくれるなんて、かえって驚きました。ほんとうに、こちらで用意した思考ルートを、少しも外れないんだもの」

「だから言っただろう？　あいつは優等生なんだ。俺みたいにいいかげんな人間じゃない。他人にちょっと忠告をされたからといって、骨身に染み込んだ習慣を疑うたぐいの人間でもない。根が正直すぎるんだろうな。子供の頃に教えられたことを、頭から信じている。軽々しく正義を口にする人間が隠し持った、悪意の可能性に至っては、夢にも考えない。

でもだから、かわいそうだ。いずれ、自分でもなぜそうなるのかわからないまま、暗いほうに追い込まれていくに違いないんだ。つらい生き方をするのが目に浮かぶようで、どうにもいかん。こんなことならもっと早くから、軍人だけにはなるなと説得しておくんだった」

青年は寄りかかった手すりから身体を離した。

「もっとも俺自身、こうなるまでそれに気づけなかったのだから、どうしようもない。それに、このあとどうするかは、やはりあいつ自身が考えなければならんことだ。残念ながらここから先は、俺の関知するところではない。これで気が変わらんというのなら、それもあいつの行くべき道なのだろう」

「それはずいぶん、投げやりな言いようだな。亡くなってまで彼に心残りを伝えに来た人とは思えないな」

「なに、これはちょっとした老婆心《ろうばしん》だったんだ。おせっかいを焼いてはみたが、俺にできるのはせいぜい自分が知っていることを、あいつの目の前に並べて見せてやることだけだ。重々承知している。選ぶのは――どの道を行くかを決めるのは、あいつ自身だよ。現に、俺は自分でこの道を選んだのだしな」

「自ら他界されたこと……ひょっとして、後悔されているんですか」

「いいや、まったく。おそらく、もう一度選択の場に立たされても、同じ判断をするだろうね。生まれる場所あたりからやり直せるというのなら、また話は別だが」

「どんなに格好悪くても、少しでも長く生きていたいと望むのが、人ってものだと思っていました」

「べつに格好をつけてやったことではないよ。性分に逆らえなかっただけだ。誰にも褒めてはもらえない、しかし俺にとって、あれは唯一の道だった。それだけのことだ」

　青年は煙を立てる香炉に視線を移した。

さらりと話題を変えて、感心しきりに言った。

「しかしその、反魂香というのは凄い品物だな。生者には気配を感じることすらかなわない亡霊の姿を見、声を聞くことができるというのだから」

「だけどこれ、世間で思われているほど都合のいいものじゃありませんよ。どういうわけか、もともとおれは常人には見えないものが見えて、この程度の道具立てであなたの声を聞くことができますけれど、これってやっぱり例外で、ふつうの人ならそうはいきません。

生者と死者のあいだにある断絶はものすごく深いから、運よく条件がそろっても、亡霊との面会が成功するかどうかはやっぱり賭けなんです。

今回は、あなたと葉月さんのあいだにとても頑丈な魂の道がついていたことが、ずいぶん助けになりました。その気のない人間が、催眠術にかからないのと同じことだな。切実に相手に会いたいという気持ちが両者の心の底になければ、いくら香を使っても、死者との会合は成立しません。

魂の道の出来については、小刀を使って確かめることができましたけど、それでも葉月さんには相当量の香煙を摂取してもらう必要がありました。いくら他の条件が良くても、葉月さんはやっぱりふつうの人だから、量がたくさんじゃないと香の効果が出ないんです。だから、手間も時間もたっぷりかかってしまいました」

「そういえば、母にはずいぶん長期間、香を焚き続けてもらったな。円山二等兵にも大層な手数を踏ませた」

　青年は、申し訳なさそうに苦笑した。

「いっそ、正直に亡霊を名乗って、華々しく葉月さんの前に登場してもよかったんじゃないでしょうか？　同じことを伝えるにしたって、おれたちの芝居だったっていうより、本物の亡霊におでましいただいたほうが、何かと説得力があったような気がするな」

　青年は、口許に浮かべていた笑みをふと消して、首を振った。

「それはいけない。説得力があるからこそ、問題なんじゃないか。本物の亡霊に説教されたとあっては、相手はいい迷惑だ。重くてかなわんだろう。死んだ人間のことなんて、忘れていられるなら、それに越したことはない。本人にぜひにと望まれたわけでもないのに、あの世から生者に号令をかけようとするほど図々しい亡霊ではないよ、俺は。むしろそんなことをして、うっかりあいつの一生を縛り続けることにでもなったら、それこそことだ。文字どおりに『亡霊に一生を乗っ取られる』はめになる。

　人のしあわせについては、諸論あるところだろうが、俺は、ひとりひとりが誰にも泥足で踏み込まれることのない、自分の世界を約束されていることだと思っている。たくさんの人間から影響を受けて変わっていくにせよ、常に自分自身の心身の主人であり続けることこそ、さいわいだ。考え方さえ間違っていなければ、それが結局、世の中全体のためにもなるような気がするよ。しあわせでない人間が、他の誰かをしあわせにするなど、できることとは思えんからな。個と全体は、同等に尊重されてしかるべきだ。そうでもなければ、双方で互いをつぶし合うことになる。

人が人の生殺与奪の権を握り、同類が殺し合わなければならん世の中には、どこかに考え違いがある。歴史はその都度、それを流血で戒《いまし》めはするが、けっして答えを教えてはくれない。人間のほうで間違いに気づけないから、いつまでも似たようなことを繰り返す。俺はその間違いが何なのか、かねがね確かめてみたいと思っていたのだが……」

その先を言葉にすることなく、ただ肩をすくめてみせた伊吹に、夜見坂は疑わしそうなまなざしを向けた。

「もしかして、その謎を、葉月さんに丸投げしようっていう魂胆なんですか」

訊かれた青年のおもてに不敵な笑みが浮かんだ。無言の肯定だ。

青年の答えを、夜見坂は低い口笛で冷やかした。

「まるで現代のスフィンクスだな。だけどそんな難問を押しつけられたんじゃ、葉月さんもかなわないだろうな」

「生きていれば、ものは考えられるさ」

「葉月さんがそういう道を選ぶとも限りませんよ」

「そうだな。しかし……」

青年は高い夜空を仰ぎ見た。

「自分のことは棚上げにして、子供には、少しでもましな人生が約束されていると信じたい。どうやらこれが、親心というものらしいよ」


香炉から立ち上る煙が薄くなった。

青みを帯びた煙がしだいに透き通って、やがて見えなくなった。

夜見坂は青年にならって、星が散らばる夜空を見上げた。ときおりあらわれる銀の糸が、音もたてずにそこを横切った。とても静かだった。

ほんのさっきまでかたわらに立っていた青年は、すでに姿を消していた。

夜見坂は立ち消えた香炉を足もとに置いて、手すりに頬杖をついた。

今夜は、天に張り巡らされた暗幕から、いくつも星がこぼれた。はるかな高みにあって、天上を覆いつくす、永劫《えいごう》の光。眺めているうちに、うっかり時間がたつのを忘れていた。

気がついたときには、夜露でシャツが冷たくなっていた。夜見坂はすっかり冷えてしまった半袖の腕をさすりながら、小さなくしゃみをひとつした。

それから、すっかり遅くなってしまった夕食の支度をするために、梯子段を降りていった。

※この作品はフィクションです。実在の人物・団体・事件などにはいっさい関係ありません。

集英社オレンジ文庫をお買い上げいただき、ありがとうございます。
ご意見・ご感想をお待ちしております。

● あて先
〒101-8050　東京都千代田区一ツ橋2-5-10
集英社オレンジ文庫編集部 気付
紙上ユキ先生

金物屋夜見坂少年の怪しい副業
—神隠し—

集英社
オレンジ文庫

2016年5月25日　第1刷発行

著　者　紙上ユキ
発行者　鈴木晴彦
発行所　株式会社集英社
〒101-8050東京都千代田区一ツ橋2-5-10
電話【編集部】03-3230-6352
【読者係】03-3230-6080
【販売部】03-3230-6393（書店専用）
印刷所　大日本印刷株式会社

※定価はカバーに表示してあります

ISBN 978-4-08-680080-8 C0193